コイイヌ

～ゆれるシッポと恋ゴコロ～

貝花大介

Famitsu Bunko
ファミ通文庫

丸眼鏡ことタムちゃんの目次紹介！

コイヌ

～ゆれるシッポと恋ゴコロ～

ちなみに…
学名🐾三田村郁代［mitamura IKUYO］
性別🐾♀
年齢🐾15歳
所属🐾玉梓高校1年C組＆新聞部
特徴🐾新聞部と言えば情報ツウ。
そして丸眼鏡。

All pretty illustrations🐾夜野 みるら

恋する季節

困ってますピンチです絶体絶命《ぜったいぜつめい》です——と、ルルは心の中で密《ひそ》かにつぶやいている。繰《く》り返し何度も。まるで念仏《ねんぶつ》のように。

もちろん、念仏を耳にしたお釈迦《しゃか》様がこの窮状《きゅうじょう》から救ってくれたりはしない。困ったピンチは絶体絶命のままだ。

体育館の壇上《だんじょう》には七割ハゲの小父様《おじさま》（校長先生だと紹介されたばかりだ）。スピーカーから聞こえる女性にしては低めの声は担任の先生（名前は冴子《さえこ》さん。苗字《みょうじ》は覚えていない）。左右の席にはまだ名前も覚えていないクラスメイトたち。前後の席には他のクラスの生徒たち。

今は入学式の真《ま》っ最中《さいちゅう》。舞台横の壁《かべ》に貼《は》られた式次第《しきしだい》の二つめ、「入学許可」が粛々《しゅくしゅく》と進行中だ。

(まだ二つめ……)

式典《しきてん》が終《お》わるまであと何十分か、ジッと耐えなければならないのだ。気が遠くなる。

「滝沢《たきざわ》ルル」

突然《とつぜん》、冴子先生に名前を呼ばれ、ルルは脊髄反射《せきずいはんしゃ》で答えた。

「は、はい」

素《す》っ頓狂《とんきょう》な声を出してしまった。くぐもった笑いがさざ波のように広がってゆく。恥ずかしい。

実際には、名前を呼ばれたのは「突然」ではない。新入生全員の名が順に呼ばれている。現に冴子先生はルルの失敗を気にした様子もなく、あとの生徒たちの名前を呼び続けている。

(なんでこんな日に)

ルルはやり場のない怒りを内側にかかえ、拳《こぶし》を強く握りしめた。長めの爪《つめ》がてのひらに食い込み、鋭《するど》い痛みを感じる。痛みは電撃《でんげき》のように身体《からだ》を走り、甘い快感《かいかん》となって突き抜けた。

思わず吐息《といき》が漏《も》れそうになる。おもいっきりエッチな桃色《ももいろ》の吐息が。

(困ってますピンチです絶体絶命です)

入学式が終わって解放《かいほう》されるまでは、なんとしても耐えなければ。高校生活の初日にヘマをやらかして、三年間を惨《みじ》めな気分で過ごすなんて、まっぴらだ。

こんなことになると判《わか》っていたら、入学式には出なかった。たとえルル自身が来たがっても、家族が総掛《そうが》かりで止めてくれたはず。こんなふうになったのは初めてではない。過去、同じ状態になったときは、自宅に閉じ込められて外出すらさせてもらえなかった。

どうして気づかなかったのか。

長いトンネルのようだった冬が終わり、受験勉強が雪と共に消え去った。その解放感と混同《こんどう》していた。

心騒《こころさわ》ぐこの胸のざわめきは、暖《あたた》かな春を迎えて艶《あで》やかな桜《さくら》の花が咲《さ》き狂《くる》っているせいだと思い込んでいた。

新しい学校で始まる新しい生活を期待してわくわくする気持ちと、身体の変調《へんちょう》が気持ちに与えた影響《えいきょう》を区別《くべつ》できていなかった。

そして、何より、同じ部屋で寝起きするララが先週から同じ状態になっていたのがまずかった。

そうでなければ、匂《にお》いで気づいたに違いないのに。ララの本番《ほんばん》の匂いにまぎれて、昨日まではまだ予兆《よちょう》だったルルの匂いには気づかなかったのだ。家族はもちろん、本人すら。

(ララちゃんのが伝染《うつ》ったんだね)

それは伝染るものだと、深く考えることなしにルルは信じて疑《うたが》わない。

各クラスの担任が入れ代わり立ち代わり生徒たちの名前を呼んでゆき、最後に学年主任と思《おぼ》しき先生が言った。

「以上二百四十六名。代表、ヤダヨージ」

「はい」と答えた男の子の声には聞き覚えがある。

ルルはくすりと笑いを漏らした。

(ヨーチくん、また間違えられてる)

彼の名は谷田洋治《やたようち》。読みは濁《にご》らないヤタ・ヨーチ。中学の三年間、毎年春先には間違えられていた。

そのヨーチが舞台に上がった。ヨーチやルルの中学は詰《つ》め襟《えり》とセーラー服だったが、この玉梓《たまずさ》高校の制服は男女ともブレザーだ。見慣《みな》れぬ制服に包まれた彼の姿は新鮮で、思わず見惚《みほ》れてしまう。

いま見えているのは制服の後ろ姿。

(ヨーチくんて、スレンダーだけど、こうして見ると、意外と背中が逆三角形かも。引き締まったおしりがキュートで……)

舞台の上のヨーチがクルリと振り返った。

(はぅあっ)

ただの友達のはずのヨーチが魅力的な異性に見える。今まで一度だってそんなふうに見たことはないのに。完全完璧《かんぺき》まるっきりのお友達なのに。それなのに。

彼の顔から、身体から、目を離すことができない。新入生を代表して誓《ちか》いの言葉を述べる彼のやわらかで澄《す》んだ声に惹《ひ》きつけられ、陶然《とうぜん》となる。

（困ってますピンチです絶体絶命です）

こんな日にこんなタイミングで発情《ヒート》してしまうなんて。

ルルは己《おの》が不運を呪《のろ》った。


入学式が終わり、いったん教室に戻った。

移動中も教室に入ってからも、近くの男子が気になって仕方がない。気がつくと、男子を目で追って品定《しなさだ》めしている自分がいる。

（危ないですー、危険ですー）

不自然に荒い息をしていたせいで、隣《となり》の席の女の子に体調を心配されたりした（事実、体調が普通でないのだが、詳しく説明するわけにもいかず、気遣《きづか》いを感謝しながらも笑ってごまかした）。

HR《ホームルーム》も終わって解散になると、ルルはすぐに教室を出た。

大急ぎで学校を出なければ。こんなに魅力的《みりょくてき》な男子がいっぱいいる（と今のルルには感じられる）場所は危険すぎる。

隣の教室の前を通りかかると、開きっぱなしの戸の向こうからヨーチが声をかけてきた。

「滝沢さん、いま帰り？」

思わず顔をしかめてしまう。彼のことは良い友達だと思っているが、今は会いたくなかった。

親しい友達だけに、話すときの物理的《ぶつりてき》な距離が近い。無造作《むぞうさ》にルルのパーソナル・スペースを侵してくる。

(今日はダメなんだってば。そんなに近づかれたら……わたし……)

顔が熱くなってゆく。

「今日は忙しい？　帰りにどこか……」

ヨーチは言葉を切ってルルの顔をのぞきこんできた。細いフレームの眼鏡《めがね》越しに黒い瞳《ひとみ》がルルを見つめている。

(やーめーてー)

と心の中で悲鳴《ひめい》を上げる。

「なんか変だね。具合が悪い？　保健室まで送っていこうか」

「いいっ。平気っ。なんでもないからっ」

もうヨーチの顔をまともに見ることすらできない。

「そう？　なんなら、ロロ君を呼ぶよ」

「え、ロロくん？」

同《おな》い年《どし》の兄弟が、同じ学校に入学したことを思いだした。

「ありがと。わたし、ロロくんと帰るから」

ヨーチに返事をするひまも与えずに、急いで彼の前を離れた（てゆーか、逃げた）。

ちなみに、ルルは五つ子である。ロロはそのうちのひとりだ。

ロロが同じ学校だったことを誰にともなく感謝しつつ、彼の教室へ向かう。彼なら家までルルを守ってくれるだろう。持つべきものは、頭の出来《でき》が同程度の兄弟だ。

ロロの姿を求めて彼の教室をのぞいた。

…………。

もぬけの殻《から》だった。

「あうあう」

入学したばかりで友達もいない生徒たちは、さっさと帰ってしまったようだ。

「独《ひと》りで頑張《がんば》って帰るしかないのね～」

仕方なく独りでとぼとぼと歩きだした、そのときだった。

ふわっ、と。それは漂《ただよ》ってきて、ルルを包みこんだ。

匂い。男の子の。

シャンプーや整髪料《せいはつりょう》の香りに混じって、十代の少年特有《とくゆう》の体臭《たいしゅう》とさわやかな汗の匂いが、きつすぎず、ほどよく薫《かお》る。

それと、もう一つ。なんだか、ルルの気分をリラックスさせてくれるような別の匂いも。

ほんの一メートル先、ルルのすぐ目の前をひとりの男の子が通り過ぎた。

背が高い。一八〇はある。先月まで中学生だった少年にしては、かなりの長身だ。

太ってはいない。制服のブレザー姿がピシッと決まって見えるのは、均整《きんせい》の取れた体つきの証拠《しょうこ》。

髪は黒。一見、なんの手入れもしていないように見えるけど、ルルの鼻はごまかせない。無造作に見えるように整髪料で固めてある。

無表情の横顔には影があって、ちょっと怖《こわ》そう。優等生じゃない。三枚目のタイプでもない。印象だけで言うなら、クールな不良。

そして、何よりも印象的だったのは、その瞳《ひとみ》。強く、鋭く、揺《ゆ》るぎなく、まっすぐに前を見つめている。

(杉木《すぎき》くん……だっけ?)

同じクラスの男子だ。まだ自己紹介もしていないのに、彼の名は覚えている。冴子先生が出席を取ったとき、「はい」と返事をした彼の声が太く、魅力的だったから。

彼は廊下《ろうか》を遠ざかってゆく。ルルは半《なか》ば無意識で、ふらふらと引かれるようについていった。

昇降口《しょうこうぐち》を出た杉木は、なぜか校門でも自転車置《じてんしゃお》き場《ば》でもなく、校舎の裏のほうへと歩いていく（そして、ルルは彼のあとをふらふらとついてゆく）。

彼は校舎裏を進み、やがて雑木林《ぞうきばやし》に入った。左手は格技場《かくぎじょう》、右手は外周《がいしゅう》のコンクリート塀《べい》。見通しは悪く、ひと気もまったくない。

足元は雑草だらけで歩きにくい。道はなく、手入れもされていない。それだけ人の訪れることがまれなのだと判る。

杉木が立ち止まった。ここで何をするのだろう、とルルが首をかしげていると、いきなり振り返った。

目が合う。彼の鋭い目がルルを見ている。射《い》すくめるように。突《つ》き刺《さ》すように。

心臓が激しく高鳴《たかな》り始める。

「何か用か」

（あうん♥　わたし好みの太い声～）

言葉の内容なんて、なんでもいい。その声は音楽《おんがく》。その声は媚薬《びやく》。

「す、杉木くんがこっちに来るのが見えたから」

口から出るのは答えになっていない答え。頭が回らない。

「なぜ俺《おれ》の名前を知っている。おまえはなんだ？」

彼の声はルルの鼓動《こどう》を早くする。呼吸が苦しい。

「えと……クラスが同じで……」

「ああ、確か、ルルとか言ったか」

ルルの形をした風船が、拳銃《けんじゅう》の弾《たま》で撃《う》ち抜《ぬ》かれ、破裂《はれつ》して木《こ》っ端《ぱ》微塵《みじん》——そんな映像が脳裏に浮かんだ。

（なんでなんでなんでー。なんで、わたしの名前を知ってるですかー!?）

彼に名前を呼ばれた。彼の声で呼ばれた。「ルル」という音に、これだけの破壊力があるなんて。

理性の最後のかけらが吹っ飛んだ。


一刻《かずとき》はイラついていた。

女子がひとり、あとをついてくる。

最初はたまたま目指す方向が同じだけなのかと思っていた。けれど、雑木林に入っても、そいつはまだついてきた。

（こんなところに用があるやつなんて、いるはずがない）

と自分を棚《たな》に上げて決めつける。

一刻の目的は雑木林を抜けたところの塀に開《あ》いた穴だ。穴の向こうは細い裏路地《うらろじ》で、自分の家に帰るには正門から出るよりも便利なのだ。

穴は初めから開いていたわけではない。今朝《けさ》、登校中、塀に壊《こわ》れそうなところを見付けて蹴《け》ってみたら穴になった。

学校にばれて教師に説教されるのはうっとうしい。家に連絡でもされたら、さらに面倒だ——教師や親が怖いのではなく、ただ「うっとうしい」。

うっとうしいことになるのはイヤだから、その女に目的を問いただした。なんの用か、と。

そいつは一刻を「杉木くん」と呼んだ。クラスが同じだと言う。一刻はあらためてその女を見た。

背格好《せかっこう》は普通。中肉中背《ちゅうにくちゅうぜい》。まだ中学生と大差ない。

制服は真新《まあたら》しい。紺《こん》のブレザーも、グレーのプリーツ・スカートも、微妙《びみょう》に水色っぽいブラウスも、青地に水色のラインが入ったリボンタイも、すべてがシワ一つない新品だ。

髪は長く、癖《くせ》がある。青みがかった灰色《はいいろ》。どんな染《そ》め方をしたらこんな色になるのか。不思議《ふしぎ》な色合いだ。

顔はまあまあ、可愛いほう。今は緊張《きんちょう》で強張《こわば》っているようだが、笑ったらきっと愛《あい》嬌《きょう》があるだろう。

確かに同級生だ。覚えがある。苗字は忘れたが、下の名前は「ルル」だったはず。変な名前だから印象に残っている。

「ああ、確か、ルルとか言ったか」

彼女は、一瞬、苦しそうな顔になった。苦しそうな、せつなそうな、泣きだしそうな、そんな顔にほんの一瞬だけ。

次の瞬間、彼女は笑顔になって、トトトッと走りよってきた。まるで予想していなかった反応の連続に戸惑《とまど》っている内に、彼女は近づいてきて、そのまま一刻の胸に飛び込んできた。

トン、と。

温かい塊《かたまり》に抱きつかれた。腹のあたりに胸の膨《ふく》らみを感じる。服の上からでは判らないが、それなりに膨らんではいるようだ。

抱きついた瞬間、長い髪がふわりと広がってシャンプーの匂いが漂ってきた。それと、もう一つ別の匂いも。

（これ、なんの匂いだ……？）

嫌いな匂いではない。でも、ちょっと意外な。

彼女が顔を上げた。抱きついたまま、一刻の顔を見上げている。

顔には笑み。何かを期待し、何かを秘めて、はにかむような。そんな微笑《ほほえみ》が。

この子ならもっと陽気に笑うだろうと想像していた。もっと、あけっぴろげで、健康
で、子供みたいな、そんな満面《まんめん》の笑顔を。

でも、違った。

笑ったらきっと愛嬌があるだろう――そう思っていたけれど、実際に微笑をたたえたその顔つきは、愛嬌があると言うよりも。むしろ。

（色っぽい……）

見上げる瞳が潤《うる》んでいる。

瞳の色は黒に近いブラウン。そこに青い小さな点が散っている。まるで、夜空《よぞら》を彩《いろど》る星々《ほしぼし》のように。

不思議な瞳に引き込まれる。青い星々が瞬《またた》いて見えたのは錯覚《さっかく》だろうか。

彼女が口を開いた。

「杉木くん……」

自分の名を呼ぶ彼女の声が耳を打つ。

そして、彼女は吐息を漏らす。

それがまた悩《なや》ましい。

心臓がバクバク鳴っている。

なんでこんな中学生みたいなやつに、とも思うのだが、まだ大人になりきっていない顔が妙に色っぽく見えてしまう。

一刻の相手はいつも年上の女たちだ。キレイ系やフェロモン系のお姉さんと遊んでいる。同世代の女子なんて、子供にしか見えない。

そのはずなのに。

同世代の女にこんな気分にさせられたのは初めてだ。

(ガキが。ふざけやがって)

不意《ふい》に怒りが込み上げてきた。

いや、それが本当に「怒り」なのかどうか。自分でも判然《はんぜん》としない。ただ、胸がモヤモヤして、それを吹き飛ばしたくて、声に出して叫んでいた。

「ふざけやがって!」

細い肩をつかみ、乱暴《らんぼう》に振った。

「あっ」

ルルが小さな悲鳴を漏らして転倒《てんとう》する。転《ころ》びながら、ルルの手は一刻の制服を握りしめていた。

転んだルルに引っ張られ、一刻も倒れてしまう。

倒れたのは彼女の上。

「んくっ」

一刻の下でルルが顔を歪《ゆが》めた。仰向《あおむ》けになった彼女の上に、一刻が倒れている。一刻の左足《ひだりあし》が彼女の膝《ひざ》の間だ。

一刻は彼女の手首をつかんだ。左手で右の手首を、右手で左の手首を。

大きく左右に広げ、体重を乗せて地面に押しつける。これで彼女は動けない。地面に磔《はりつけ》にされた格好だ。

ルルが驚いて目を見開いた。

ここは雑木林の中。手入れされていない雑草が生《お》い茂《しげ》っている。人の気配はまったくなく、万が一、近づく者があっても、草木が姿を隠《かく》してくれる。

青い星をたたえたブラウンの瞳が一刻を見上げている。

瞬間、嗜虐的《しぎゃくてき》な気分に囚《とら》われた。

この女の子を壊したい。めちゃめちゃにしたい。

もちろん、実行する気はない。ただ、ちょっと、脅《おど》かすだけ。彼女が怯《おび》えた様子を見せたら、それで許してやるつもりだ。

けれど、彼女は微笑んだ。

「……いいよ？」

開いた口から甘い吐息が薫る。

鮮《あざ》やかなピンク色の唇《くちびる》の間からのぞく白い前歯にドキリとする。

濡《ぬ》れた舌先がチラリと見えて……見えてしまって……なぜだか、その部分がいかがわしいモノのように思えて、罪悪感《ざいあくかん》に囚われる。

彼女は言った。

——いいよ？

疑問形だった。今も不思議そうな顔で一刻を見上げている。

彼女は言外《げんがい》にたずねている。

——なんでヤらないの？

一刻は十五歳。同世代のやつらよりは経験豊富だから、この程度で頭が真っ白になったりはしないが、この状況で自分にブレーキをかけられるほど理性的でもない。

顔を近づけ、唇を重ねた。

唇で唇を感じる。

柔らかく、温かい。

彼女のほうから舌をからめてきた。一刻も熱情《ねつじょう》のおもむくままに応じる。

「ん……ん……」

まだ彼女の手首は押さえたまま。自由にならない上半身を一刻の下で悶《もだ》えさせ、懸命《けんめい》にキスに応じている。

彼女の手首を離してやった。

ルルは自由になった手を一刻の頭に回し、髪の間に指を入れた。指の腹が耳の上あたりを撫《な》で回している。意外と気持ちいい。

一刻も同じようにしてやる。舌と舌をからめたまま、ルルのこめかみから耳の上、そして耳の後ろへと指を這《は》わす。

「んんーん」

ルルがビクンと震《ふる》え、舌をからめたままでうめいた。一刻の頭を撫でる指に力が入り、からめた舌の動きも激しくなる。

ルルの足がキュッとからみついてきた。

ディープキスを中断して目を向けると、白い太股《ふともも》があらわになっていた。短いスカートが大きくめくれている。

ルルは一刻の左足を左右の太股ではさみつけている。

「動けない」

「わたしが動くもん」

ルルの腰がうねるようにうごめく。足と足の間、一番奥の白い下着に包まれたところ、一刻の腿《もも》に押しつけられたその部分が、熱い。

一刻は自分の中心に血が集まってゆくのを感じた。

ルルは彼の熱い滾《たぎ》りを感じてドキドキした。

彼の胸に飛び込んだときから、理性など捨て去っている。もはや迷いはない。

彼の前にすべてをさらし、すべてを任せる。自分は彼に抱かれるのだ。

今。

ここで。

「あ……」

彼が胸を触《さわ》っている。荒々《あらあら》しく、乱暴に。

「痛いよ」

返事はない。彼の手つきは荒々しいまま。

（こういうのも、いいかも♥）

服の上からではもどかしい。直接、肌《はだ》に触れてほしい。

ルルは自分でリボンタイをはずした。気づいた彼がブラウスのボタンをはずしにかかる。

（乱暴に引きちぎってくれていいのに）

などと後先考えないことを口走りそうになるが、幸い、その前にボタンはすべてはずれた。

ブラに包まれた胸が彼の目にさらされる。スカートがめくれてショーツもあらわになっている。

ブラもショーツも白一色で、飾り気のないシンプルな物。こういうことになると判っていれば、もっとカワイイ下着をしてきたのに。かろうじてブラとショーツの色がそろってたのが救いだろう。

ブラを剝《は》ぎ取られた。相変わらず彼の手つきは荒々しい。

「へえ。意外ときれいな胸じゃないか」

「そ、そうかな」

と言いつつ、実は密かな自慢なのである。大きさはそれほどでもないが、形なら自信がある。

誇《ほこ》るように突き出した胸に、彼が吸いついてきた。

「あうーん」

思わず、犬の遠吠《とおぼ》えのような声が出てしまって、それからは、もう、何も考えられなかった。

ルルの胸を、首筋を、背中を、へそを、脇腹を、彼の手が荒々しく這い回り、ぬめる舌と柔らかな唇で愛撫《あいぶ》する。

その度《たび》に、ルルは吐息を漏らし、身をくねらせ、悲鳴を上げ、彼にすがりつく。

彼に耳を軽く咬《か》まれたとき、奥のほうから何かが湧《わ》きだしてきたような気がして、彼の太股に押しつけたあの部分が、ビクリビクリと痙攣《けいれん》した。

「ねえ、わたし、もう……」

「足が邪魔だ」

彼の手はルルのショーツにかかっていたが、ルルの足が彼にからみついているせいで脱がせることができない。

ルルは足をほどいた。

彼から離れると、密着していた部分がじっとりと汗ばんでいるのが判った。彼の熱い身体を感じられなくなり、急に何かを失ったような気がしてさみしくなる。

このさみしさをどうにかしてほしい。彼になぐさめてほしい。彼の熱い身体で。

ショーツを脱がされる時間も惜しい。彼が欲しい。彼を受け入れたい。彼と一つになりたい。

早く。

早く。

「来て！」

そのときだった。

ガラッという音が聞こえた。金属製の重たい戸が動く音だ。

冷水《れいすい》を浴びせられたような気がした。彼のほうも同じように驚いたらしく、音のしたほうに顔を向けて硬直《こうちょく》している。

続いて、防具を叩《たた》く竹刀の乾いた音や、「ヤーッ」という甲高《かんだか》い掛け声も聞こえてきた。誰かが格技場の脇にある戸を開けたらしい。掛け声や足音などの気配から、たくさんの生徒たちが剣道や柔道の稽古《けいこ》をしているのだと判る。

そこからここまでは、意外なほどに近かった。

雑木林と雑草のおかげで姿を見られる心配はないけれど、それにしても近い。「こういうこと」をするには、あまりに近すぎる。

（ああ、でも……）

身体はほてったまま。いきなりで驚いたが、燃《も》え盛《さか》る熱情は勢いを失っていない。奥のほうが熱く脈動《みゃくどう》して、彼を待ちわびている。

大丈夫《だいじょうぶ》。

自分が声を出すのを我慢《がまん》すれば、きっと大丈夫。

「杉木くん、続きを……」

と言いながら、しなだれかかろうとした。

が、彼がいない。

いつの間にか彼は立ち上がっていて、衣服《いふく》を整えているところだった。

「おまえも服を直せ」

ここまでやっておいてオアズケなんて、あんまりだ。

「そんなぁ」

泣きそうなルルの抗議《こうぎ》を杉木は非情にも黙殺《もくさつ》したのだった。


そこは安普請《やすぶしん》の建物《たてもの》で、強風が吹いただけでギシギシときしみそうな造《つく》りをしている。採光《さいこう》が充分でないので、昼だというのに薄暗い。

ふたりの男が建物に入ってきた。ふたりとも作業服《さぎょうふく》、長靴《ながぐつ》、ゴム手袋《てぶくろ》を身につけている。両手のバケツにはクズ肉とドライのドッグフードが山盛りになっている。

建物の中が犬たちのけたたましい鳴き声でいっぱいになった。

ここは犬舎《けんしゃ》だ。

いくつもの檻《おり》が押し込められている。それぞれの檻は大型犬一頭がやっと入れる程度の大きさしかない。檻の上に別の檻が置かれ、二段になっている。

檻には様々な種類の犬が入れられている。大型犬は一頭ずつだが、小さい犬は一つの檻に二匹、三匹と押し込められている。

それらの犬が一斉《いっせい》に吠《ほ》え立てている。とてつもなく騒がしいのだが、いつものことなので男たちは気にしない。

「くっせーな、ここは。吐き気がしてくるぜ」

若い男が毒《どく》づいた。顔の下半分をタオルでおおっている。マスク代わりだろう。

「うるせえっ。毎度毎度同じことを言ってんじゃねえよ」

年かさの男がたしなめる。こちらは口を隠したりはしていない。

「だって、マジで臭《くさ》いじゃないすか」

犬舎に充満しているのは犬の体臭と排泄《はいせつ》物の臭気《しゅうき》だ。

犬たちは一日に二回、排泄のために檻から出されることになっているが、檻の中で排泄してしまう者もいる。男たちはそれをわざわざ始末《しまつ》したりはしない。そのまま放置している。それゆえの異臭《いしゅう》だ。

言わば、建物の中が臭いのは男たちが不精《ぶしょう》であるせいなのだが、それを棚に上げて毒づく。

「あー、クソッ。また吐き気がしてきた」

「おまえ、ここに来てもう二週間だろ。いい加減に慣れろよ」

「慣れたくないっす」

皿にエサを盛り、それぞれの檻に押し込んでいく。エサにありつけた犬は、吠えるのをやめて猛然《もうぜん》とがっつき始める。

「あれ。こいつ、動かないっす」

「え、どれ？」

「とうとう死んだかな」

「つっついてみろよ」

若いほうが格子《こうし》の間からほうきの柄《え》を差し込んで犬をつついた。

「あ、生きてる」

「じゃあ、そのうち起きて食うだろ」

「いやあ、でも、こいつはもう殺しちまったほうがいいっすよ」

「なんで？」

「だって、こないだこいつが産んだ子供、まともじゃなかったじゃないっすか。あんな気色悪い仔犬《こいぬ》、もう見たくないっす」

ここのように悪質《あくしつ》な繁殖業者《はんしょくぎょうしゃ》が管理する犬舎では、劣悪《れつあく》な衛生環境・近親交配《きんしんこうはい》・過《か》剰《じょう》繁殖が原因の疾病《しっぺい》や器官《きかん》の形成異常などが起こりうる。

「あんなのは珍しくないぞ。ここで生まれるやつの半分はそんな感じだ」

男の口ぶりに悪びれた様子はない。自分たちのやっていることに罪の意識を感じていないのだ。

「うわっ。マジッすか」

「残り半分がまともなら、それでいいんだよ。バカな金持ちが高く買ってくれるから、ちゃんと採算は取れてる」

「こないだ黒ラブを連れてった家、デカかったっすねー」

年かさのほうが金銭の話を持ち出したことで、若いほうの関心はそちらへ移った。

「あんな広い庭のある家、実際にあるもんなんすねー」

「杉木先生だろ。昔からうちの犬を買ってくれてる。あれでもう七頭目だ」

「カモっすね」

「お得意様と言ってやれよ」

ふたりはゲラゲラと笑った。

エサを配り終えたので建物の出口に向かう。

「やっと、この臭いところから逃げられる」

「うるせえっつーの。何度も臭い臭い言うな」

「あーあ。あんな邸宅《ていたく》に住んでるやつもいるってのに、なんで俺はこんな臭いところでは」

勤労《きんろう》してるんだ」

「ツラは関係ないっす。政治が悪いんす。日本の政治が」

「「まーた、どこかでくだらない知識を吹き込まれやがったな」

「あの杉木って、政治家らしいじゃないっすか」

「テレビで見たことあるぞ。今はナントカ大臣《だいじん》だ」

「じゃあ、やっぱ、あいつのせいっす。俺がこんな臭いとこで勤労しなきゃなんないのは」

「うるせえっ。臭いって言うな。せっかく忘れてるのに、おまえが臭いって言う度に思いだしちまうじゃねーか」

「なーんだ。先輩だって臭いと思ってるんじゃないっすか」

「うるせえっ」

ふたりは犬舎を出た。すぐ隣に同じく安普請の事務所がある。そこへ入って椅子《いす》にドッカと腰をおろす。年かさのほうがハイライトをくわえて使い捨てのライターで火をつけた。

「あー、煙がうめー。これだけが俺の楽しみだわ」

お手軽な至福《しふく》にひたる男の横で、若いほうが自分の煙草《たばこ》を取り出しながら言った。

「先輩、やっぱ、日本の政治は間違ってるっす。俺らがきつい仕事して酒や煙草でつらさをまぎらわせてるってのに、あの杉木って野郎は、あんなデカい家に住んでおいしい思いをしてるなんて……格差社会《かくさしゃかい》っすよ」

「おまえ、頭悪いんだから、無理して難しいこと言おうとしないほうがいいぞ？」

「だって、政治家って、偉そうに話をするだけで、あんな大きな家に住めるっすよ？　あり得ないっす！　絶対間違ってるっす！」

「興奮すんな。唾《つば》が飛ぶだろうが」

「先輩は悔しくないんすか⁉」

「や、まあ、向こうばかりがカネを持ってて、俺らが貧乏《びんぼう》してるのはズルイと思うけどな。でも、その分、犬を高く買わせてるんだから、それでいいじゃねえか」

「犬を売りつけるくらいじゃ足りないっす。もっと搾《しぼ》り取ってやらなきゃ、公平じゃないっす」

「そりゃあ、やつからカネを取れるなら、俺もそうしてえけどよ。でも、どうやって取るつもりなんだ？」

「え？」

若いほうはキョトンとして言葉につまった。

「それは……えーと……」

その頭を年かさのほうがはたいた。

「いてえっ」

「バカヤロウ。考えてからしゃべれ。このうすらトンチキが」

「先輩、マジで痛いっすよー」

「おまえが思わせぶりなことを言って期待させるからだ」

「作戦はこれから考えるっす。俺と先輩で、悪い政治家野郎からカネを搾り取ってやりましょうよ」

「言ってろ、バーカ」

年かさの男は二本目の煙草に火をつけた。


「何やってんだ」

問われてルルが顔を上げると、ロロが険《けわ》しい表情をしていた。

「服、着ろよ」

「ロロくん、耳としっぽが出てる」

一腹兄弟《ひとはらきょうだい》だけあって、顔立ちはルルに似ている。が、髪の色がまるで違う。ロロの髪はちょっと濃《こ》いめのクリーム色だ。光の加減によっては金髪に見えないこともない。

その濃いめのクリーム色の髪から耳が飛び出ている。人間の耳とは違う。髪と同じ色の毛におおわれた獣《けもの》の耳。

それと、しっぽ。ふさふさのしっぽが、腰に引っかけるようにしてはいたズボンのおしりから飛び出ている。毛の色はやはり髪と同じで、先っぽだけが白い。

「おまえを探すのに鼻を使ったんだっ」

なぜだか彼はイラついている。

「いーから、服を着ろ！」

「着てるよぉ」

少しばかり乱れてるだけだ。

杉木はルルを見捨てて先に帰ってしまい、ルルは雑木林で独り呆然《ほうぜん》としていた。どのくらい独りでいたのか、ちょっと判らない。

のろのろと服の乱れを直している間、ロロはそっぽを向いて立っている。

「おまえ、ヒートしてるだろ」

「うん、そうみたい」

「なんで家でじっとしてないんだ」

「気がつかなかったんだよ、始まるまで。入学式の最中に気がついてあせっちゃった」

ルルが服を整え終わるのを待って、ロロは正門のほうへ歩きだした。

相変わらずイラついた様子のまま、ルルのほうは見ずに問いかけてくる。

「やっちまったのか」

「未遂《みすい》～」

ロロの表情がやわらいだ。

「ありがと。心配してくれたんだね」

腕を取ろうとすると、スルッとかわして離れていった。

「寄るな。女の匂いがする」

ロロは顔を赤くしている。発情《ヒート》したルルの体臭を感じているのだ。

（カワイイ……）

冗談《じょうだん》でちょっと誘惑《ゆうわく》してみたくなったが、たぶん、それを実行したら洒落《しゃれ》にならない結果が待っている。

ルルもロロも本性《ほんしょう》は獣だ。理性と本能がせめぎ合えば、たいがい本能のほうが勝つ。

さっきみたいに。

「しっぽ、引っ込めたら？　出してるから余計に気になるんだよ」

「あ、そうか。忘れてた」

一瞬で耳としっぽが引っ込んだ。

ロロは鼻をうごめかせ、顔をしかめた。

「まだ少し感じる」

「気のせいだよ。しっぽをしまったときの鼻の力は百万分の一だもん」

「いいや、それでも感じる。寄るな」

「うー。いぢわる」

昇降口の近くにヨーチがいた。

「良かった。見つかったのか」

「ああ、雑木林にいたぜ」

ルルは首をかしげた。

「わたしを探してたの？」

「滝沢さんが校舎裏のほうへふらふらと歩いてったって、三田村《みたむら》さんから聞いて」

三田村郁代《いくよ》はルルたちと同じ中学校から来た女の子だ。

「滝沢さん、具合が悪そうだったから、どこかで倒れてるかもしれないと思って。……でも、なんで雑木林なんかに？」

「迷子《まいご》だ」

とロロが言うと、ヨーチは短く笑った。

「校内で迷子になるなんて、滝沢さんらしいな」

抗議しようと思ったら、ロロに凄《すご》い目でにらまれた。

（迷子になってたことにしとけって？）

本当のことを詳しく説明するわけにもいかないので、仕方なくそういうことにした。

（でも、納得いかない。「滝沢さんらしい」って、何？）

不満が顔に出たのか、「体調が悪いんだから仕方がないよ」とヨーチがフォローしてくれた。

でも、やっぱり、納得はいかない。

ルルは帰宅してすぐ、母親がこもる書斎《しょさい》に行った。発情《ヒート》したことを報告すると、母の恵《めぐみ》は素っ頓狂な大声を上げた。

「やっちゃったの!?」

そんな台詞《せりふ》、叫ばないでください、お母様。

「やってない！　未遂！　未遂！」

恵の大声を聞きつけた四人の兄弟姉妹たちが、何事か、と集まってきた。ついでに三匹の犬たちも集まってきた。恵の足元でまどろんでいた五匹の猫たちは、迷惑そうな顔で別の部屋へ逃げて行った。

「なんの騒ぎ？」

とロロが聞く。

「今日、学校でわたしのヒートが始まっちゃって危なかったたって話」

と言った途端《とたん》に、恵に頭をパカンとはたかれた。

「いたっ。なんで～？」

「そういう話を男の兄弟相手にするんじゃありません」

ぱかーん

「でも、ロロくんはもう知ってるよ？」

「知ってても話さないの！」

　怒った恵は怖い。ルルは首をすくめた。犬耳《いぬみみ》を出していたら、ぺしょんと下げているところだ。

「それにしても」

　と恵があきれた様子で言った。

「なんで始まるまで気がつかないのよぉ」

「なんとなく変かな〜、とは思ってたんだけど」

「あなたたちは匂いとかで判るんじゃないの？」

　恵は人間だ。ルルたちと違って犬の血は混じっていない。

「ララちゃんの匂いにまぎれて気がつかなかったみたい」

「ひとのせいにしないでよ」

　姉妹のララが厳しい口調《くちょう》で言った。

　ララもルルやロロと一腹で生まれたが、顔立ちはあまり似ていない。顔も体形も細身ですっきりしている。切れ長の目がきれいで、ルルはいつもうらやましいと思っている。この春からララは眉《まゆ》を描くようになったのだが、彼女の作る眉は細く鋭くて、それが切れ長の目とあいまってクールな印象を与える。

「自分の体調には自分で責任を持ちなさい。わたしたち、もう高校生なんだから」

ララの学校も今日が入学式だったが、こちらはちゃんと発情中《ヒート》であることを自覚していたので欠席した。

恵がもうひとりの娘のほうを見た。

「リリは平気？」

問われたリリは無言で小さくうなずいた。

リリともうひとりの一腹兄弟のレレは、他のみんなより体つきがひと回り小さい。恵によると、生まれたときから小さめだったらしい。そのせいかどうか知らないが、リリはまだ発情の経験がない。

恵は息子たちのほうを見た。

「ロロ、レレ、二階から自分の荷物を取って来なさい」

「え、なんで」

ロロが怪訝《けげん》そうな顔をする。

「今日から一週間、二階は女の子専用にします」

「ええーっ。なんでだよ。部屋は違うんだから、別にいーじゃん」

「ダメよ。ヒート中の女の子がふたりもいるんだから。隣の部屋に男の子を寝起きさせるわけにはいきません」

「こんなやつら、ヒート中でもなんとも思わないって」

「え〜、うっそだぁ」

とルルは声を上げた。

「学校でわたしが近づいたら顔を赤くしてたくせに〜」

「ちょっ、バッ、おまっ」

ロロはかなりあわてた様子で、よく意味の判らない言葉を口走《くちばし》る。

「何言ってんだ！　変なこと言うな！　あんとき俺はしっぽ出してたから、匂いが気になっただけだ！」

言葉の後半はルルにというより、恵への説明（言い訳《け》？）のようだった。

恵は黙ってロロの顔を見つめている。その視線に気おされたように、ロロは半歩あとずさる。

「う……俺は……いや……あの……」

恵はゆっくりと二階を指さし、静かに言った。

「早くしなさい」

「わ、判ったよ」

ロロは言われたとおりに二階へ向かった。

「レレもね」

と恵に言われると、レレは無言でうなずき、ロロについていった。

「ふたりが戻ったら、ルルは二階に行きなさいね。ヒートが終わるまでは、なるべく降りてきちゃダメよ」

「え、そしたら、どうやって外に出るの」

「出なくていーの！」

と怖い顔で言われた。思わず首をすくめてしまう。しっぽが出ていたら足の間に巻き込んでいるところだ。

「ララだってずっと部屋にいるじゃない。あなたも同じようにしなさい」

「じゃあ、学校は……」

「お休みに決まってるでしょ。ヒートのときはいつもそうしてるじゃない」

「だって、せっかくの新入学なのに……」

恵は眉を下げ、困ったような笑みを浮かべた。

「しょうがないでしょ。気の毒だけど、我慢しなくちゃ」

ルルはしょーんと肩を落とした。

その日から自主的軟禁《なんきん》生活が始まった。

最初の三日は、昼過ぎまでララとふたりきりで、午後は帰宅したリリと三人で過ごした。

発情《ヒート》してないリリは普通に学校に通っていた。リリの高校での新生活をルルは興味津々《きょうみしんしん》で聞きたがったが、元来《がんらい》口数の少ないリリの返答は短く、会話は続かなかった。

ララもリリも社交的ではないので、同じ部屋にいても自分の空間を作ってしまう。いつもと同じ自室のはずなのに、ルルはなんとなく居心地《いごこち》の悪さを感じた。

四日目からは独りの時間が増えた。ララは発情《ヒート》が終わって登校するようになったし、リリも平常授業が始まって帰宅が遅くなった。

独りになって考えるのは杉木のことだ。

あの声、あの顔、あの胸、あの手つき、あの匂い――すべてが魅力的で、狂おしいほどにいとおしい。校舎裏でのひとときを思い起こすと、顔から火が出そうだ。普段の自分からは考えられない大胆《だいたん》さだった。

もちろん、考えるのは現実のまともな回想ばかりではない。むしろ、そこから連想した妄想《もうそう》のほうが、分量としては多い。妄想の中の自分は、現実よりもさらに大胆で積極的だ（ついでに相手の杉木くんも二〇〇%大胆で積極的だ）。

ルルの部屋には二段ベッドが二つある。片方の上段をルルが使い、下段をリリが使っている。もう一方の上段はララのもので、残る下段は三人共有の衣装ケース置き場だ。

ルルは自分のベッドに横たわり、独り妄想にふける。

夕暮れ時、オレンジ色の光が差し込む放課後の教室。ルルと杉木はふたりきり。杉木は物も言わず、ルルを押し倒す。

こんな場所で？　誰か人が来たら……。

いろんな考えが頭を駆《か》けめぐるが、杉木の鋭い視線で射すくめられると、ルルは何も言えなくなってしまう。

ルルはみずから窓に向かい、窓枠《まどわく》に手をつくと、彼のほうにお尻《しり》を突き出してみせる。

杉木は乱暴にスカートをまくりあげ、腰に手をかけてくる。

窓の外は校庭。下校途中のヨーチやロロの姿が見える。さわやかな笑顔のヨーチと不機嫌そうなロロが、ルルに気づいて手を振る。その間にも、杉木に下着を引きずりおろされ、あの部分が……

そのとき、突如《とつじょ》として軽《かろ》やかな音楽が聞こえてきて、始まったばかりの妄想は打ち切られた。聞こえてきたのは『一●一匹わんちゃん』のテーマ曲『ダルメシアン・プランテーション』（ボサノバｖｅｒ）。ルルの携帯電話《けいたいでんわ》の着メロである。

高校の入学祝いに買ってもらったばかりのケータイだから、番号を知っているのは家族と限られた友人だけ。着信画面を見ると、「ヨーチくん」と表示されていた。

「もしもし？」

〝やあ、滝沢さん。谷田だけど〟

何気《なにげ》ない挨拶《あいさつ》。それだけなのに、なぜか胸がどきどきしてくる。ケータイから流れてきたヨーチの声が耳を打ち、ルルを陶然とさせる。

無意識のうちに手が動いて、胸の頂《いただ》きを押さえていた。ギュッと。痛いくらいに。

〝今、何してる？〟

「へっ⁉」

あわてて手を胸から離した。

「な、ななな、な～んで、そんなこと聞くのぉっ⁉」

カーテンを見た。ちゃんとしまっている。のぞかれているわけではない。

ケータイのカメラを見る。動いてはいない。いや、そもそも、ルルのケータイにテレビ電話の機能なんて付いてない。

〝え？　電話で話す時間があるかどうか確認したかったんだけど〟

そりゃそうだ。言われてみれば当たり前。挨拶の次は都合の確認。それが電話のマナー。

〝忙しいならかけ直すよ〟

「あ、違うの。ごめんなさい。切らないでぇっ」

思わず哀願調《あいがんちょう》になってしまった。だって、こんなに素敵な声（と今のルルには感じられる）なのに、挨拶だけで終わりなんて、せつなすぎる。

〝ひょっとして退屈してた？〟

「え、どして？」

〝なんか必死に「切らないで」なんて言うから。よっぽど話し相手が欲しかったのかと〟

ルルの反応をヘンに思われたようだ。激しくヘコんでしまう。

〝具合はどう？　熱は下がった？〟

一瞬、なんで熱っぽいことを知ってるんだろう、と不思議に思った。が、すぐに、表向きは「風邪《かぜ》で寝込んでいる」ということにしてあるのを思いだす。

「ん～とね……ずっと微熱《びねつ》」

それは本当のことだ。

〝つらそうだなぁ。でも、微熱ってことは治りかけ？〟

「うん。今週いっぱいで治るよ～」

そういうサイクルなのだ。病気ではないから、だいたいの見通しは立つ。

〝じゃ、今からお見舞いに行っていいかな。あんまりひどすぎるなら遠慮しようと思ってたけど、その程度なら行っても迷惑じゃないよね〟

それは、とてつもなく魅力的なイベントのように思われた。

ヨーチがこの部屋に来て、ルルは風邪ということになっているからベッドに横になってて、兄弟たちはまだ帰ってない、母は書斎で仕事中、つまりは部屋にふたりきりで、

「熱を計《はか》ってあげる」とか言いながらヨーチが額を近づけてきて……

「ダメッ！　ダメダメッ！　絶対ダメッ！」

実際にそんなことになったら、また理性が吹っ飛んで彼を襲《おそ》ってしまうに違いない。

そのとき彼がどんな反応をするか、ルルには想像もできない。親しい友人であるヨーチ

にヘンな女の子だと思われたらいやだ。それだけは避《さ》けたい。

〝ああ、やっぱり迷惑か。ごめん。無神経《むしんけい》で〟

やけにしょんぼりとした声だった。

「ち、違うのっ。嬉《うれ》しいんだけど……ほら……あの……伝染したら悪いし」

その後もヨーチのテンションは下がったままで会話も盛り上がらず、すぐに電話を切ってしまった。

ヨーチの声が聞こえてこなくなったケータイを耳にあてたまま、ルルは独り叫んだ。

「あー！　もー！」

ついでに牙《きば》を出してガルルッとうなる。

(自分に咬みつきたい)

と思った。

男が欲しい。

と思うのは、十五歳の女子高校生としては健全《けんぜん》なことだ。それが「彼氏が欲しい」「恋愛したい」といった意味ではなく、ストレートに「セックスしたい」という意味だったとしても、まだ正常な欲求の範囲内だ。

けれど、「子種《こだね》が欲しい」ということになってくると、急にレアなケースになる。これが出産適齢期《しゅっさんてきれいき》を過ぎつつある女性の話だったらわりとありがちなのだが、十五歳の女子高校生でその欲求を持つ者はマイノリティだ。

今のルルはそれに近い。ルルの中の人間である半分はその欲求を恋愛感情に置き換えているが、残りの半分はダイレクトに生殖《せいしょく》のための交尾《こうび》を求めている。欲しいのは子種だから、優《すぐ》れた雄《オス》なら相手は誰でもいい。たとえば、兄弟でも。

「あ、ロロくん、久しぶり～」

部屋でとった夕食の食器を戻しに来たら、リビングで風呂《ふろ》上がりのロロと出会ってしまった。

ロロが身につけているのは、下着と寝間着兼用《ねまきけんよう》のスウェットパンツだけ。上半身は裸《はだか》だ。首にタオルをかけているが、そんな物はあってもなくても大差ない。

「何が久しぶりだ。毎日顔を合わせてるじゃねーか」

「チラッと、でしょ」

髪が濡れて頭に張りつくようになっているせいで、普段とはかなり印象が違う。

(いつものロロくんもカワイイけど、こういう感じもクールでいいよね)

心の中で誰にともなく同意を求めるルルである。

「わたしは、もっと、いっしょにいたいよ」

風呂上がりの肌は赤みがかっていて、うっすらと浮かんだ汗が電灯の光を受けて輝いている。

今まで気にしたこともなかったが、ロロの身体には脂肪《しぼう》がほとんどなく、逆に筋肉はほどよくついている。肩や腕の曲線が妙に色っぽく感じられる。急に、首にかけたタオルが邪魔に思われ始めた。あれがなければ、胸の筋肉の曲線を堪能《たんのう》することができたのに。

「ちょっと待て！」

ロロが右腕をまっすぐ前に突き出して、てのひらをルルのほうへ向けている。そのてのひらが意外に近い。自分でも気づかぬうちにロロに近づいていたようだ。汚《よご》れた食器の乗ったトレイを持ったままで。

「それ以上は近づくな」

「あ……うん。ごめん」

お互い、何が問題なのか、ちゃんと理解している。最後に残った理性のかけらで、それを守っているのだ。

ただ、理性で押しとどめてはいるが、ルルはロロにときめいている。それを自覚していながら、止めることができない。胸にわだかまるモヤモヤする何かのせいだ。

こんなに胸がモヤモヤするのは、杉木とのことを妄想していたせいか、あるいはヨーチとの電話のせいか。

(両方、だね。たぶん)

それを理性的に自覚している自分がいる一方で、別の自分はモヤモヤの命ずるままに衝動的な行動をしたがっている。

「そこ、どけよ。俺は部屋に戻りたい」

とロロが言った。

今は期間限定で一階の犬猫部屋（犬と猫の寝床《ねどこ》を置いてある部屋）が男の子組（ロロとレレ）の部屋になっている。風呂場からそこへ行くにはリビングを通り抜けなければならないのだが、その進路にルルが立ちふさがっているのだ。

「うん。ごめん」

ルルはきびすを返し、リビングから仕切《しき》りなしで続くキッチンへ向かった。食器の中の食べ残しを流し台の三角コーナーに捨て、食器のほうは食器洗い機に入れてゆく。その背後をロロが通り過ぎた。

背中でロロの気配《けはい》を感じる。気配だけじゃ足りない。もっとロロを感じたい。耳としっぽを出して感覚を鋭敏《えいびん》にすれば、ロロのすべてを感じられるだろうか。

たぶん、それは正しい推測だが、実行するわけにはいかない。そんなことをしたら、理性の最後のかけらが吹き飛んでしまう。

代わりに、ルルはロロに声をかけた。何気ない態度をよそおって。

「あのさあ……」

「ん？」

ロロがリビングのまん中で立ち止まった。

話しかけたはいいが、何を話すか考えていなかったことに気づく。まずい。大急ぎで話題を探さなければ。

「あの、えっと……えっと……えっと……杉木くんは元気かな」

「スギキ？　誰だ、それ」

「あ……」

そう言えば、ロロは杉木と面識《めんしき》がなかった。

「ごめん。忘れて」

だが、ロロはその話題を続けた。

「もしかして、校舎裏でやりそこなった相手か」

「そんな言い方……」

しないでほしい、とは言えなかった。事実そのとおりで、杉木とはそれ以上の関係ではないのだ。

「そいつのことが、そんなに気になるのか」

「別に……まあ……それなりに……」

「惚れたのかよ」

ロロの口調はなぜか怒っているように聞こえた。

「素敵《すてき》な人だとは思うけど……？」

と答えながら、ここ数日、部屋で独り、彼のことばかり考えていたことに気づく。一瞬でも彼のことを忘れられたのは、ヨーチと電話していたときと、今さっきロロに見とれて我を失いそうになったときだけ。

ヨーチは親しい友人だし、ロロは兄弟だ。ふたりのことまで魅力的に思えるのは、発情《ヒート》からくる気の迷いなのは間違いない。でも、杉木のことはどうなのだろう。

（本当に杉木くんのことばかり考えてた……）

あらためて実感する。これは、ちょっと、すごいことなんじゃないだろうか。ひとりの人のことをこれだけ長い間、ずっと想い続けるなんて。すごくて、そして、素敵なことだ。

（これって……「一途《いちず》な想い」ってやつ？）

自分自身の杉木への強い想いに気づく。そして、そのことに胸が熱くなり、気分が高《こう》揚《よう》してゆく。

「惚れたんだな」

ロロがルルの顔を見つめている。

「え？」

「顔に出てる」

「や、やだっ」

ルルはあわてて背を向けた。

（「惚れた」って判る顔って、どんなの!?　どんなの!?）

自分では見えないだけに、すごく恥ずかしい。顔を洗うときのように手でゴシゴシした。

「あなたたち、どういうつもり？」

リビングの入り口に母の恵が立っていた。口調は平静《へいせい》で顔は無表情だが、どことなく怒っているような雰囲気《ふんいき》が伝わってくる。

「な、なんで俺をにらむんだ」

とロロが言った。

ルルはロロのその言葉を意外に思った。自分のほうこそ恵ににらまれていると感じていたから。

「ちょっと話をしてただけだっつーの」

ロロはすねたようにつぶやいて、リビングをあとにした。ルルは流しに向き直り、食器を食器洗い機に入れる作業を再開した。背中に恵の視線を意識しながら。

スギキとかいうのは、どんなヤツか。

ロロは友達になったばかりのクラスメイトたちに聞いてみたが、あいにくスギキを知っている者はいなかった。まだ入学したばかりで、他のクラスの人間のことまで知っている者は少ないのだ。

放課後、昇降口で知った顔を見かけた。同じ中学からきた三田村郁代だ。

「よう、丸眼鏡《まるめがね》」

呼ばれた丸眼鏡は、いきなり不満そうな顔をした。

「高校でもその呼び方なの？」

「丸眼鏡は丸眼鏡だろ」

三田村郁代はレンズが大きなまんまるの眼鏡をかけている。だから丸眼鏡だ。

「やあ、滝沢君」

と、さわやかな男の声が聞こえた。いつものことだが、このさわやかさ加減が微妙にムカつく。声の主は谷田洋治だ。

「なんだ、委員長《いいんちょう》もいたのか」

下駄箱の陰に隠れて見えなかったが、丸眼鏡と話をしていたらしい。

「僕のこともその呼び方なんだね」

「でも」

と丸眼鏡が言った。

「ヨーチが委員長なのは本当じゃない」

「委員長じゃなかったときも、滝沢君には『委員長』と呼ばれてたけどね」

「委員長は委員長だろ」

とロロが言うと、委員長と丸眼鏡は微妙な顔で笑った。

「ところで、滝沢君、僕らはルルさんのことを話していたんだ」

その隣で丸眼鏡がうなずく。

「そうそう。具合はどうなの？」

「不治《ふじ》の病《やまい》で瀕死《ひんし》の重体……ってわけじゃねーよ。そろそろ治るんじゃねーの？」

「ルル、かわいそう。入学早々に風邪で寝込むなんて」

ルルのことが話題にのぼったことで、ロロはスギキのことを思いだした。ついでに、目の前の丸眼鏡がいろいろくだらない情報に通じた人間であることも思いだす。

「なあ、スギキって名前のヤツ、知らないか」

「スギキ……って、杉木一刻のことかな」

「いや、フルネームは知らねーけど」

「新入生の男子に『トップ3』って呼ばれてる子たちがいるんだけど、杉木君はそのひとりだよ」

「とっぷすりい？」

「うん。この学年には、そのへんのアイドルよりもイケてる男の子が三人もいてね、それを女子は『トップ3』って呼んで騒いでる……んだけど、聞いたことない？」

「いや、ぜんぜん」

丸眼鏡は意味ありげな顔でロロと委員長のことを見る。

「ヨーチも聞いてない？」

「うん。初めて聞いた」

「……ま、いいんだけどね」

彼女の意味ありげな笑みは気になったが、それよりもロロが知りたいのはスギキのことだ。

「で、その杉木一刻って、どんなヤツなんだよ」

「どんなって言われても……」

丸眼鏡は口ごもる。本人を直接詳しく知っているわけではなさそうだ。

「そだ」

丸眼鏡は何かを思いだしたらしく、早口で言った。

「杉木一刻はルルと同じクラスだよ。入学式の日に校舎裏のほうへ行く杉木一刻の後ろをルルが歩いてるのを見かけたんだけど……？」

つながった。ルルが惚れてるスギキは杉木一刻だ。

「あ、ほら、あそこ」

丸眼鏡が少し離れたところを指さした。

「あの背の高い子が杉木一刻だよ」

彼女が指さす先には、校舎裏のほうへ歩いてゆく男の姿があった。そいつは微妙にムカつく顔立ちの野郎だった。

いかにも女を泣かせてそうな顔つきだ、とロロは感じた（現にルルの心を惑わせているし）。

委員長や丸眼鏡と別れて、ロロはあとを追った。そいつは校舎裏の雑木林を通り抜け、壊れた塀の割れ目を通って外へ出た。その雑木林はルルが乱れた衣服で放心していた場所だった。

（この道はヤツの標準コースってことか）

外へ出たそいつは裏通りを歩いてゆく。と、一本の電柱の脇で立ち止まった。原付《げんつき》バイクが止めてある。そいつは鞄《かばん》をさぐって鍵を取り出し、キーシリンダーに差し込んだ。

（あの野郎、バイク通学かよっ）

ロロたちの学校ではバイク通学は禁止だ。それ以前に、ヤツが免許を持っているかどうか、かなり怪《あや》しい。

ヤツが原付にまたがり、走りだそうとしたとき、舌足《したた》らずの甲高い声が聞こえた。

「お兄ちゃん！」

ランドセルを背負った小さな女の子がいた。小学校の低学年だ。幼いながらも整った顔立ちをしている。成長すればキレイ系と呼ばれるであろうと予想される容貌《ようぼう》の持ち主

だ。

女の子はヤツにテテテッと駆け寄った。ロロのいるところからではふたりの声は聞き取れなかったが、その態度《たいど》を見れば良好な関係であることはよく判る。女の子は満面《まんめん》の笑顔で、ヤツのほうも柔和《にゅうわ》な顔つきだ。

が、急に、女の子の表情がくもった。ヤツは困ったような笑みを浮かべながら女の子の頭をなでると、原付のアクセルを回して走っていってしまった。

あとには今にも泣きそうな顔をした女の子が独り。

「よう」

なんで声をかける気になったのか。自分でも不思議だ。いつものロロは自分から小さい子にかまったりはしない。むしろ、なつかれても邪険《じゃけん》に振り払うほうだ。

「おまえ、杉木の妹か」

女の子がビクリとして顔を上げた。その表情に怯えの色を読み取って、ロロは舌打ちしたくなった。今にも泣きそうだった女の子を怯えさせたら、本当に泣いてしまう。

ロロはわざと明後日《あさって》のほうを向いて、女の子を見ないようにしながら足を踏み出した。正面からまっすぐ近づくことはせず、大きな半円を描くコースを進む。大回りして女の子に横のほうから近づいた。

すぐ隣まで達すると、ロロは地面に両膝をつき、頭を下げて目の高さが女の子より低くなるようにした。それからやっと女の子のことを見る。ロロの奇妙《きみょう》な行動のせいか、女の子の顔から怯えの色は消えていて、好奇心いっぱいの目でロロのことを見つめていた。


やはり、女の子はあいつの妹だった。ロロたちが通う玉梓高校のすぐ近く、太い通りをはさんだ向こうに玉梓小学校があって、彼女はそこに通っていると言った。

この春から兄が玉梓高校に通い始めたので、放課後、いっしょに帰れるかもしれないと期待した。新学期が始まってから毎日、兄を探しに来ていたのだが、ずっと行き違いになっていて、今日、初めて兄と会うことができたのだと言う。

「でも、おともだちと約束があるんだって」

女の子はしょんぼりと下を向く。

「学校は今日だけじゃねえだろ。明日また来ればいいじゃねえか」

女の子はぷるぷると首を振る。

「待ってちゃダメだって言われた」

「なんだ、そりゃ。冷てえ兄貴《あにき》だな」

「違うのっ」

兄を責めるロロの言葉を女の子は強い口調で否定する。

「高校のほうが授業が終わるのが遅いからっ、それまで待ってると危ないからっ、早く帰らなきゃダメだって」

必死に説明する彼女の口ぶりから、兄への強い信頼《しんらい》と愛情を感じ取れる。そして、説明の内容から、兄の言葉は妹を大切に思うゆえのものだということも察せられる。

だから、ロロは言ってやった。

「愛されてんじゃん」

「え？」

女の子はまず驚いたような顔をした。それから、はにかんだ笑みを浮かべ、小さな声で「そうかな」とつぶやいた。

（カワイイじゃねえか）

ロロが小さな子供のことをそんなふうに感じたのは初めてだ。それ以前に、小さな子をかまおうと思ったこと自体、初めてだった。いろいろ初めてだが、悪い気はしない。

だから、ついでにもう一つ、初めてを追加してみる。

「兄貴の代わりに、俺が家まで送ってやろうか」

「え？」

女の子はまず意外そうな顔をした。それから、不安そうな顔になり、遠慮がちに「いいの？」とつぶやいた。

「いいぜ」

女の子が満面の笑顔になった。本当に嬉しそうだった。そんな笑顔にさせたのが自分の言葉だと思うと、なんだか誇らしい気分になってくる。

ロロは立ち上がった。立ち上がる途中、ロロと女の子の手が触れて、ごく自然ななりゆきで手をつなぐことになった。女の子の手はミニチュアのように小さく、仔犬のように熱かった。

「ねえ、お兄ちゃんのお名前、教えて。ちえりはねー、杉木智李《ちえり》っていうんだよ」

「俺はロロだ」

「ロロくん？」

「おう。よろしくな、チェリ」

「チェリじゃないよ。ちえりだよー」

「だからチェリだろ」

「ちーがーうー」

ふたりは並んで歩いてゆく。

しばらく名前のことでもめたが、ロロが呼び方を変えることはなかった。

見られちゃった

洋治《ようち》は恋をしている。中学のころからずっと、ひとりの女の子に片想いしている。

彼女の名は滝沢《たきざわ》ルル。ほわわんとしてるくせに、ときどき何かに一生懸命《いっしょうけんめい》で、夢中になると周《まわ》りが見えなくなって、笑えるヘマをやらかしたりする。そんな女の子。

ルルは気に入った相手への好意を隠《かく》さない。男女の隔《へだ》てもない。洋治とも出会ったその日から〝仲良くしたい〟オーラを出しまくりで、あっと言う間にマブダチ状態になってしまった。

ただし、あくまでも友達。

ルルが隠し事をしないタイプだからか、彼女のことなら、たいがいなんでも知っている。でも、恋愛話《れんあいばなし》だけは聞いたことがない。ルルが誰かに恋をしたという話は聞かないし、誰かに告白《こくはく》されたという話も聞かない。みんな友達、みんなの友達。

洋治に対しても、ルルは恋愛感情を持ち合わせていないらしい……と洋治には感じられる。のだが、実際のところ、どうなのか。それが確かめられない。

洋治が自分の気持ちに気づき、ルルを強く意識するようになったときには、すでにもう、友達だったのだ。なまじ、今の関係が楽しく快適《かいてき》であるだけに、それを壊しかねない次の一歩を踏み出すことができないでいる。

仕方がないので「あの子は奥手《おくて》なんだ」と思うことで、自分をなぐさめていた。ルルにはまだ恋愛の準備ができていないのだ、自分だけでなく男全般《ぜんぱん》に興味がないのだ、と。

――入学式の日に校舎裏のほうへ行く杉木《すぎき》一刻《かずとき》の後ろをルルが歩いてるのを見かけたんだけど……？

三田村《みたむら》が見たというルルの行動に、深い意味などないはずだ。

と思う。思いたい。

「あ、ヨーチくんだ。おはよー。会いたかったよぉ」

洋治がぐだぐだと動揺《どうよう》していた週末が明けて、月曜、ルルはいつもと同じあけっぴろげの笑顔で現れた。

「やあ、滝沢さん。もうすっかり治ったみたいだね」

「うん。完璧元通り《かんぺきもとどお》り」

と明るくぽよよんと笑う。

そう。この笑顔。これが曲者《くせもの》なのだ。こうやって自分に笑いかけてくれるなら、ただの友達でもかまわない、と思えてしまう。

ルルは本人の言葉どおり、今までとどこも変わっていない。彼女を目の前にしてみると、三田村から聞いたことで動揺していた自分がアホらしく思えてくる。

きっと、あれはなんでもなかったのだ。ルルは元通り。自分との関係も変化なし。他のみんなとも、今までどおり。いつもと同じ。何も変わらない。

「？　どしたの」

彼女の笑顔をながめながら物思いにふけっていたら、不審《ふしん》に思われてしまったようだ。

「あ、ごめん。滝沢さんは変わらないな、と思って」

「ひどうい～」

「え？」

「どうせ、ヨーチくんもロロくんとおんなじで、『いつまでもガキくせえ』とか言うんでしょ」

「いや、違うよ。悪い意味で言ったわけじゃ……」

唐突《とうとつ》に怒りだしたルルは、洋治の釈明《しゃくめい》に耳を貸さない。

「ブランニュー・ルルは一味違うんだから」

「ブランニューって……意味、判《わか》ってる？」

「わたしは生まれ変わったの。これからのルルは恋に生きる愛の戦士なの～」

聞き慣れない単語が耳に飛び込んできた。

(恋って？　愛って？)

もちろん、知らない単語ではないが、彼女の口から飛び出してくるとは、今の今まで予想もしていなかった。

「わたしは同じクラスの杉木くんて子に恋をしているのです」

ルルの言葉が耳から耳へ通り抜ける。あまりに意外すぎて、すんなり頭に入ってくれない。代わりに、三田村の言葉が耳によみがえる。

——入学式の日に校舎裏のほうへ行く杉木一刻の後ろをルルが歩いてるのを見かけたんだけど……？

「もしかして、入学式の日に何かあった？」

「ど、どうして、それを!?」

ルルの顔が一瞬で真っ赤になった。

週末、洋治が考えないようにしようと努めつつも、どうしても頭に浮かんできたいくつかの懸念《けねん》が、ふたたび襲《おそ》いかかってくる。

(もしかして、杉木ってやつに告白されたとか？　いや、初対面《しょたいめん》でそれはないよな。じゃあ、もっと軽薄《けいはく》にナンパされたのか？　でも、校内でナンパって言い方もヘンだよなあ。えーと……口説《くど》かれた？　もしかして、もしかすると、その場でキスまでされたんじゃあ……)

冗談《じょうだん》めかした口調《くちょう》で聞いてみる。

「口説かれた、とか？」

「くどかれ……？」

ルルは意外そうな顔をした。それで少し気持ちが落ち着く。別に彼と何かあったわけじゃないのだ。ただ、遠くから見て、憧れて、それを「恋」と呼んでいるだけに違いない。

「そういうことは、されなかったけど」

（そういうことは？）

悪い予感がする。

「いきなり、エッチなことをしちゃいましたっ」

（え？）

「途中《とちゅう》で人が来ちゃったから、最後まではしてないけどね～」

（ちょっと待ってくれよ）

いくらなんでも、展開が早すぎる。事態《じたい》は洋治の心配の遥《はる》か先を爆走中《ばくそうちゅう》。洋治はまだ走りだしてもいないというのに。

「あ……」

ルルが遠くを見ていた。視線《しせん》の先を追うと、背の高い男子の姿があった。杉木一刻《かずとき》。彼女がエッチをやりかけて、恋をしているという、その相手。

きっと、彼のところへ走っていくだろう、と思った。いつものように、好意を隠さず、あけっぴろげの笑顔でぶつかっていくだろうと。

「…………」

でも、ルルは動かない。その場に立ったまま、離れたところを通り過ぎる杉木を黙って見つめている。

赤い顔、うるんだ瞳《ひとみ》。

その顔に浮かぶのは笑顔ではなく、何かに怯《おび》えたような、今にも泣きだしそうな、そんな表情。

「たき……」

声をかけようと、開きかけた口を閉じる。

本当に、事態は遥か彼方《かなた》を先行している。ポールポジションをキープして安心していたら、知らないうちにレースは始まっていて、自分はスタートグリッドに取り残されている。

理解を拒絶《きょぜつ》していた脳が、徐々《じょじょ》に事態の深刻さを認識し始めた。

わたしらしくない。

とルルも思うのだが、なぜか杉木にぶつかっていけない。

「タムちゃん、わたし、ヘンかも～」

ルルは中学時代からの友人である三田村郁代《いくよ》に泣きついた。

「いつもヘンじゃん。やっと自覚した？」

「タムちゃん、ひどうい。真面目《まじめ》に悩んでるのに～」

「あははっ。……で、どうしたの」

「仲良くなりたい男の子がいるんだけど、いつもみたいに突進《とっしん》できないの。さっき、声をかけようとしたら、体が固まっちゃって」

タムちゃんはルルの顔をまじまじと見つめた。

「へー、ルルもついに、か」

タムちゃんは声を落として続ける。

「相手は杉木一刻？」

「ど、どうしてそれを!?　タムちゃん、エスパー？　エスパー伊東??」

「違う。てゆーか、意味判んないし」

「ねえ、どうして判ったの」

タムちゃんは軽くため息をついた。

「そんなことより、ルル」

「ん？」

「あんた、目立ってるよ。この教室によそのクラスの生徒が入って来たの、ルルが初めてだから」

「え、そうなの？」

ルルから見ると知らない人ばかりなので気づかなかった。タムちゃんによると、みんな入学したてで慣れてないから、朝や休み時間も自分の教室以外にいることは少ないのだとか。

そう言われると、急に場違いな気がして気恥ずかしくなってきた。

「わ、わたし、自分の教室に行くねっ」

あわてて退散《たいさん》しようとするルルに、タムちゃんが言った。

「ま、頑張って♪」

軽い口調のそのひと言が温かくて、とっても嬉《うれ》しかった。


とりあえず、挨拶《あいさつ》はしよう。普通に。

と決意しながら教室に入ったら、いきなり杉木と目が合った。

「あ……」

目が合ったのは一瞬のこと。杉木はそれに気づかなかったのか、ぷいと目をそらしてしまう。

（気づかなかった……の？）

杉木はルルのほうを見ようともしない。入学式の日にあんなことをした相手だというのに、存在すら忘れているように見える。

「あ、滝沢さん、こっちこっち」

三人の女の子がルルのことを見ていた。ぽっちゃりした体格の子と、一重《ひとえ》まぶたの子と、髪がフィッシュボーンの子。同じクラスの子たちだが、まだ名前は覚えていない。

声をかけてきたのは、ぽっちゃりちゃんのようだ。

「席替えしたから。滝沢さんはここ」

「あ、そうなんだ。ありがとー」

席についたルルの周りに三人が集まってきた。

「今朝、校門のところでC組のヤダ君と話してたでしょ」

一瞬、誰のことだか判らなくて戸惑《とまど》う。

「あ、ヨーチくん？」

彼の名前はヤダヨージではなくヤタヨーチだと教えてあげると、三人はちょっと驚いたようだった。

「やっぱり、谷田君と仲いいんだ？」

「うん。中学でいっしょだったから」

三人はいっせいに「いーなー」と声を上げた。

「みんなもヨーチくんと友達になりたいの？　紹介してあげよっか」

「え!?　い、いいよ、そんなの。見てるだけで満足だから」

ぽっちゃりちゃんはあわてた様子で手を振った。

「う～？」

よく判らない。

「わたしたち、『トップ3』のファンなの」

「とっぷすりい？」

「ああ、滝沢さんは休んでたから知らないんだ。あのね、一年の男子に超イケてる子が三人いるんだけど、それをまとめて『トップ3』って呼んでるの。C組の谷田君と、A組の滝沢君と、あと……」

ぽっちゃりちゃんは急に声を小さくした。

「このクラスの杉木君」

杉木の名前が出て、ルルはドキンとした。

「この三人がトップ3」

ぽっちゃりちゃんが小声なのは、同じ教室に杉木がいるからだろう。

「わたしは谷田君がイチオシ」

とぽっちゃりちゃんが言うと、一重ちゃんが「わたしも」と小さく手を上げた。

「わたしは滝沢君」

と言ったのはフィッシュちゃんだ。勢力分布《せいりょくぶんぷ》は谷田2、滝沢1らしい。

「す、杉木くんは？」

彼のファンがいないのはさみしいような気もするが、ライバルが少ないのは安心のような気もする。

「あの人、遊んでるっぽいじゃない」

とぽっちゃりちゃん。

「わたしは誠実《せいじつ》そうな谷田君がタイプなの」

「杉木君の危なそうなところがいいって言う人もいるけどね。わたしは、ちょっと怖《こわ》いな」

と一重ちゃん。

「あの人、年上にもてるらしいよ？　部活の先輩が『あの子になら犯《おか》されても許す』って言ってた」

「そこが不思議《ふしぎ》なのよ。どっちかっていうと、年下の女の子をもてあそんでそうなタイプに見えるのに」

ルルは耳ダンボで、ぽっちゃりちゃんと一重ちゃんの漏《も》らす杉木情報を収《しゅう》集《しゅう》している。

さっきからえらい言われようだが、あながち間違ってもいないだろう、と感じられる。

ルルの知る杉木もそんなイメージだ。

「やっぱ、杉木君より滝沢君だよ」

フィッシュちゃんが杉木話に割って入った。

「あー、はいはい。あんたは滝沢君ひとすじだもんね」

一重ちゃんがフィッシュちゃんの肩をポンポンと叩《たた》く。

「あ、そうだ。滝沢君て言えばさあ」

ぽっちゃりちゃんがルルのほうを見た。

「もしかして、A組の滝沢君て……滝沢さんの兄弟？」

そう聞かれて、「A組の滝沢君」というのがロロのことだと気づく。

「うん。ロロくんは兄弟だよ」

女の子たちはいっせいに「キャー」という悲鳴のような声を上げた。

「やっぱりぃ。そうだと思ったんだ」

「苗字《みょうじ》が同じ滝沢で、名前がルルとロロだもんね。顔も似てるし」

「お姉様と呼ばせてください」

フィッシュちゃんがルルの手を握ってきた。

「あははー。いーよー」

「お姉様と滝沢君は双子《ふたご》なの？」

ルルは首を振り、五つ子だと言った。

「い、五つ子？」

女の子たちは一瞬絶句《ぜっく》したが、すぐに立ち直って、ルルの兄弟姉妹のことを聞きたがった。

放課後《ほうかご》、一刻はいつもどおり塀《へい》の割れ目から外へ出て、あたりを見回した。近くに人影はない。小学校低学年の女の子がうろちょろしてたりはしない。

先日、妹の智李《ちえり》が柄《がら》の悪い少年といっしょに歩いていたらしい。少年は一刻と同じ高校の制服を着ていたという。それを杉木家の家政婦《かせいふ》が見咎《みとが》めて声をかけたのだが、少年は粗暴《そぼう》な性格だったらしく、最初から喧嘩腰《けんかごし》で、家政婦を怯えさせたそうだ。

智李は少年に送ってもらったのだと言っていたが、少年の素性《すじょう》が判らないだけに、大人たちは不安がった。もちろん一刻も心配している。

ただいっしょに歩いていただけで大人たちが騒《さわ》ぐのには、それなりの理由がある。一刻と智李の父親は大物政治家なのだ。難しい役職を歴任《れきにん》し、そのすべてを豪腕《ごうわん》で乗り切ってきただけに敵も多い。国内外のテロリストから標的《ひょうてき》にされてもおかしくないのだ。

その日の出来事《できごと》を耳にした父親は、すぐに警察に連絡し、少年の素性を確かめるように要請《ようせい》した。いずれ少年も捕《つか》まって事情を問いただされることになるだろう。

今日は智李の姿はない。兄を待ったりせずに、ちゃんとまっすぐ帰宅《きたく》したらしい。それを確認できて一刻は安心する。

独りで立っていても意味はないので、すぐに歩き始めた。今日は寄り道の予定はないので徒歩だ。このまま、まっすぐ帰宅する。

歩きながら、クラスメイトの滝沢ルルのことを考えた。

滝沢ルルは一刻の最初の予想どおり、無邪気《むじゃき》に笑うタイプだった。一週間以上のブランクがあったというのに、昼休みまでにはすっかりクラスになじんでいた。

その滝沢ルルが一刻に対しては馴《な》れ馴《な》れしくしない。目が合うと、途端に黙り込む。無視すると何か言いたげな顔つきで一刻のことを見つめる。逆ににらみつけてやると、視線をそらしてキョドキョドする。

(あれは惚《ほ》れられたな)

厄介《やっかい》なことになったものだと思う。

付き合うなら、遊び慣れた大人の女がいい。一刻の好きなタイプは高収入の働く美女だ。金銭《きんせん》が目当てではない。稼《かせ》げる女は自分に自信を持っていて、一本芯《しん》の通った人間が多い。そこがポイントだ。

以前、純情な女子大生に手を出して本気にさせてしまったことがある。年齢《ねんれい》こそ相手のほうが五つ上だったが、恋をするのもそれが初めて、というほど奥手の女だった。十四歳になったばかりの一刻は彼女の熱すぎる想いを受け止めることができず、結果としてひどく傷つけてしまった。

後味《あとあじ》の悪い経験だ。それ以来、子供っぽいタイプは避《さ》けている。

それなのに。

滝沢ルルを押し倒してしまった。どういうわけか、あのときは、彼女が色っぽく感じられたのだ。いわゆる「色香《いろか》に迷った」というやつだが、教室の彼女からは想像もできない。

今日の彼女は純真《じゅんしん》そのもの。最も避けたいタイプだ。深く関わると厄介なことになるに決まっている。

だから、一刻は滝沢ルルを無視することに決めた。


ルルは、是非《ぜひ》とも、杉木くんとお近づきになりたいと思っている。

が、お近づきになるには、どうしたら良いのか。はたと悩む。今日一日でたくさんの新しい友達ができたが、なぜか杉木くんとは他のみんなと同じように接することができない。

そんなわけで、尾行《びこう》である。

徒歩で下校する杉木の後をつけている。

彼ともっと親しくなるために。

彼をもっと知るために。

杉木は閑静《かんせい》な住宅街を独りで歩いている。ルルは同じ市内に住んでいるが、このあたりには、あまりなじみがない。市内でも、地域によって雰囲気が違う。繁華街《はんかがい》、工業団地、新興住宅地、森林地帯ｅｔｃ。

杉木（とルル）が歩いているのは、農地と旧家の邸宅《ていたく》が混在《こんざい》するエリアだ。最も親しい友人であるヨーチも同じ地域の住人であり、彼の親が大変な資産家《しさんか》であることを思いだす。

（もしかして、杉木くんてば、お金持ち？　お金持ち？）

このエリアの住人なら、農家の息子か富豪《ふごう》の令息《れいそく》のどちらかだ。どちらにしても、土地持ちの資産家には違いない。

いきなり、杉木が立ち止まった。そして振り返る。

ここは裏通り。片側は大きな屋敷《やしき》を囲む高い生《い》け垣《がき》。反対側は畑。夕暮れ時で人影はない。細い電柱が何本か立っているが、それ以外に障害物《しょうがいぶつ》はない。せまい通りにいるのは杉木とルルだけ。身を隠す物は何もない。

杉木がルルのほうを見やりながら、つぶやいた。

「なんだ、犬か」

ルルは犬の姿に変形して杉木を尾行していた。

耳としっぽだけでなく、全身が完璧な犬だ。当たり前だが、服はすべて脱ぎ去っている。今のルルの体をおおうのは、青みがかった灰色《はいいろ》の毛皮のみ。

杉木がふたたびルルに背を向けて歩きだした。ルルは尾行を再開する。

今のルルはシェルティそのものだ。ボディは青みがかった灰色で、胸・首・脚が白、顔にはブラウンのアクセントがある。人間の血が混じっているから本当の純血種《じゅんけつしゅ》ではないのだが、外見は誰が見ても正統派《せいとうは》シェトランド・シープドッグだ。

杉木は高い生け垣にそって歩いている。少しして角を曲がり、少し広めの通りに出ると、大きな門があった。杉木は立ち止まることなく門の中へ入ってゆく。この高い生け垣の内側が彼の家らしい。

(うわ～、やっぱりお金持ち～)

ルルは生け垣を見た。中へ忍《しの》び込《こ》むことができそうな隙間《すきま》が何箇所《かしょ》かある。が、しかし。実は先程から犬の匂《にお》いを感じている。この家では犬を飼《か》っているようだ。

(どんな犬かな)

遊び好きの犬なら良いが、番犬タイプだと吠《ほ》えられてしまう。

ルルは鼻と耳をうごめかせた。風に乗って匂いと気配《けはい》が伝わってくる。犬は複数。元気なのもいれば、おとなしいのもいる。彼らは敷地内《しきちない》の一角に集められている。大きな犬小屋《いぬごや》か何かがあるのだろう。

急に騒がしくなった。犬たちが盛んに吠えている。少しすると、門が開いて犬たちが出てきた。全部で四頭。犬種は様々だが、立派な大型犬ばかり。リードでつながれている。散歩《さんぽ》タイムらしい。リードを持つのは男性二人。二頭ずつ受け持って歩き始める。

チャンスだ。今なら侵入《しんにゅう》できる。ルルは犬たちが遠ざかるのを待って、生け垣の隙間

から中へ忍び込んだ。
そこは芝生《しばふ》の庭だった。
〔うわっ。ひろっ〕
と、思わず口に出して言っていた。ただし、今は犬の姿をしているので、口をついて出てくるのは犬語《いぬご》だ。人間の耳には「わふっ」としか聞こえない。
屋敷《やしき》の中からは、まだ複数の人間の気配が感じられる。見通しの良い庭を横断するのはうまくない。ルルは端っこを通ってコソコソと建物に近づいてゆく。
ふわっ、と匂いが漂《ただよ》ってきた。老いた犬の匂いだ。最近、どこかで嗅《か》いだ覚えがある。
〔お客さんかね〕
という声がして、ルルは硬直《こうちょく》した。恐《おそ》る恐る声のしたほうを見る。テラスのウッドデッキに大きなコリーが寝そべっていた。
〔まだ残っている犬がいたなんて反則だよぉ。お散歩はみんないっしょに行こうよぉ。しかも、このコリーさん、つながれていないしぃ～〕
ルルは初《しょ》っぱなからもう完全にビビりきっている。戦う気はゼロ。選択肢《せんたくし》は二つ。ダッシュで逃げるか、いきなり腹を見せて降参《こうさん》するか。
〔怒る？　怒る？〕
〔嬢《じょう》やが行儀《ぎょうぎ》良くしておるなら、怒りはせぬよ〕
〔します、します。お行儀良くします。だから、咬《か》まないでっ、吠えないでっ〕

〔騒がしい嬢やだの。わしは礼儀《れいぎ》知らずの次に騒がしい輩《やから》が嫌いなんじゃや〕
〔す、すみません……〕
言ってルルは口を閉じる。お行儀良くオスワリの姿勢で、一段高いところに寝そべる老コリーを見上げた。
老コリーは鼻をうごめかせた。
〔嬢やはハーフドッグだの〕
〔……判ります？〕
〔長く生きておれば、様々なことを経験するものよ。ハーフドッグに会うのも、これで二度めじゃて〕
ルルたちハーフドッグはありふれた存在ではない。ルル自身、自分たち兄弟と父親以外のハーフドッグとは会ったことがない。仮にその存在を知っていたとしても、実際に接する機会はほとんどないのだ。
〔それで、ハーフドッグの嬢やは何をしに来たのだね〕
〔はあ、何をしにというか……その……ちょっと、中を見たくて？〕
〔はて。この屋敷で嬢やの興味を引きそうなものと言えば、坊《ぼっ》ちゃんの着替《きが》えくらいのものだが〕
〔違いますっ〕
実は興味がなくはないのだが、そういうつもりで忍び込んだわけではない。

〔人間の男より雄犬《オスいぬ》のほうが好みか。あやつらなら散歩中だぞ〕
〔いえ、そうじゃないんですケド〕
なぜ、このおじいさんはルルの目的を男性関係限定《だんせいかんけいげんてい》で推測《すいそく》するのだろう。
〔あれ？　そう言えば、おじいさんはお散歩に行かないんですか〕
〔あやつらは元気すぎる。若い連中の体力にはついていけん。それに、わしの散歩だけは旦那《だんな》の秘書どもではなく、坊ちゃんがすることに決まっておる〕
老コリーの口ぶりには、ちょっと誇《ほこ》らしげな響《ひび》きがある。
（でも、坊ちゃんて……）
一刻のイメージと坊ちゃんという言葉がつながらない。ルルにとってはひどく違和感《いわかん》がある。きっと、彼が子供だったときから知っている老コリーには、また別のイメージがあるのだろう。
ルルは鼻をうごめかした。
〔ああ、そうかっ〕
目の前の老犬の匂いが、記憶《きおく》の中の匂いと結びついた。
〔なんじゃ、突然？〕
〔あ、いえ。あの人の身体《からだ》から、犬の匂いが感じられたんです。人間の姿をしてたときに嗅いだんで、あんまりはっきりとは覚えてないですけど、間違いないですよ。たぶん〕
そうかそうか、とひとりで納得する。あのとき、杉木に強く惹《ひ》きつけられたのも、安心して身を任せる気になったのも、かすかな犬の匂いのおかげだったのだ。
〔あのあの、彼って、どんな人ですかっ〕
〔女殺し〕
〔ブッ〕
〔よく香水《こうすい》の類《たぐい》の匂いをつけて帰ってくるの〕
〔それは、つまり、彼女さんがいらっしゃるという……〕
〔いやいや。決まった相手はおらぬようだの。日によって違う匂いをつけて来るで〕
〔うあ。本当にそういう人なんだ～〕
〔香水ではなく石鹸《せっけん》の匂いのこともあるの〕
〔きゃうん〕
ルルは芝生につっぷした。
〔あーん。まるっきり見た目どおり～。実は見かけによらずマジメなタイプだった、とかいう逆転を期待してたのに～〕
〔何を失礼な。坊ちゃんは真面目で誠実な人柄《ひとがら》の立派な人物じゃ〕
〔だって、さっき女殺しって〕
〔男なら、それも甲斐性《かいしょう》のうちじゃろ〕
〔そういうのは真面目で誠実とは言わない～〕
〔嬢や、嬢や。真面目で誠実な女遊びというのもあるのじゃよ〕

〔うーそーだー〕
ガラッという音が聞こえた。テラスへ続くサッシが開いたのだ。
「あれ？　ちっちゃなラッシーがいる」
小さな女の子がルルのことを見ていた。
「ツンの子供……じゃないよね。ツンは男の子だもんね」
どうやら、「ツン」というのは老コリーの名前で、「ちっちゃなラッシー」とはルルのことらしい。
〔このカワイイ子は？〕
〔この家のお嬢じゃや。坊ちゃんの妹だの〕
〔そういえば、どことなく似てる……かな？〕
顔の個々のパーツではなく、全体としての印象が似ている。兄も妹も「キレイ」なのだ。
〔母親は別々なのだがの〕
それを聞いた瞬間、ルルの頭に「愛人」という単語が浮かんだが、それは金持ちへの偏見《へんけん》混《ま》じりの連想だと自覚している。たぶん、一刻の母親が離婚《りこん》か死別《しべつ》でいなくなり、妹の母親が後妻《ごさい》に入ったのだろう。
〔じゃ、父親似？〕
〔いいや、そんなことはないぞ。わしには人間の顔の良《よ》し悪《あ》しは判らんが、ふたりとも

自分の母親に似ておるの〕

つまり、ふたりの母親がどちらも美形《びけい》なのだ。

〔そんなことより、嬢や〕

〔はい？〕

〔もう帰ったほうが良いのではないかの〕

女の子が家の中へ向かって声を上げた。

「おにーちゃーん、庭にちっちゃなラッシーがいるよー！」

〔うあっ。やばっ〕

ルルはすぐさま走りだした。今度は庭のまん中を突《つ》っ切《き》って、最短距離《さいたんきょり》を全力疾走《ぜんりょくしっそう》だ。生け垣の隙間をくぐりながら、老コリーが「礼儀知らずは嫌いだ」と言っていたのを思いだす。

〔挨拶もしないで逃げ出したのは、まずかったかも。おじいさん、怒ってないといいけど〕

今から戻って挨拶し直すのは無理っぽいので、心の中で「ごめんなさい。ありがとう。さようなら」とつぶやいておいた。

ルルはしばしば母の恵《めぐみ》から「あんたは夢中になると他のことが見えなくなるんだから」と言われる。今も老コリーのことばかりが気にかかって、逃げる彼女を追いかけて小さな女の子が屋敷から飛び出してきたことには気づかなかった。

外はすでに暗くなり始めている。小さな子供が独りで出かけるには、遅《おそ》すぎる時間だった。


公園の茂《しげ》みの奥で、ルルは首をかしげた。今、ルルは犬の姿になっている。変形する前に衣服は脱いでたたんでおいた。それがなくなっている。

服がない。

地面に鼻をこすりつけて匂いを確かめると、かすかに自分の匂いが残っていた。場所はここで間違いない。誰かが持って行ってしまったようだ。

(でも、誰だろ?)

そんなことをする相手が想像できない。そもそも、ここは茂みの奥で、人目にはつかないのだ。

(人間じゃないのかな)

そのつもりで匂いを確かめると、自分以外の犬の匂いが残っているのに気がついた。

それも一頭ではない。複数の犬だ。

(わんちゃんが持ってった? ……でも、なんで?)

相変わらず犯人像は見えてこない。
ルルは地面に鼻をこすりつけて臭跡《しゅうせき》をたどってみた。猟犬《りょうけん》や警察犬がやっているあれだ。目標の匂いを覚え、たくさんの匂いの痕跡《こんせき》の中からそれを弁別し、追跡する。
が。
〔あーん、もう！　判んなーいっ〕
ルルは臭跡の追尾《ついび》が苦手だった。臭跡は誰にでもたどれるものではない。特別な訓練を受けた犬か、生まれつき得意な犬でなければ難しい。
もうしばらく付近《ふきん》を探してみるか、服はあきらめてこのまま帰宅するか。ルルが迷っていると、強い犬の匂いを感じた。さっきまでたどろうとしていた匂いに似ている。
匂いのしたほうへ行ってみる。茂みを抜けた開《ひら》けた場所に犬がいた。三頭。首輪はしていない。彼らの足元に見覚えのある制服と鞄があった。
〔あーっ、わたしのーっ！〕
三頭がルルのほうを振り向いた。三頭とも雑種《ざっしゅ》だ。いろいろ混じっているらしく系統《けいとう》はよく判らないが、体格はかなりいい。ルルのことをギロリとにらみつける。
〔あ、あの、その服、わたしの……なんですケド〕
〔人間臭え〕
〔そ、そりゃ、人間の着る服だもん。人間の匂いくらいするよー〕
〔服じゃねえ！　てめえが人間臭えって言ってんだよ〕

〔だ、だって半分は犬だけど、半分は人間だもん〕
〔ああん？　訳《わけ》判んねーこと言ってんじゃねーぞ。この飼い犬が〕
〔飼い犬じゃなくてハーフドッグなんだけど……〕
ルルがそう言うと、三頭の様子がいっそう険悪《けんあく》になった。
〔ハーフドッグは犬じゃねえ！〕
〔道理《どうり》で人間臭えと思ったぜ〕
〔人間のくせに犬の真似《まね》をしやがって〕
彼らは首輪をしていない。毛並《けな》みも整ってはいない。見るからに野良犬《のらいぬ》だ。野良犬の中には、時折《ときおり》、人間を激しく嫌う者たちがいる。彼らもそうらしい。
彼らがそんな感情を持つに至った理由は判らない。信じていた飼い主に捨てられたのかもしれない。人間界のルールを犯《おか》したために追われた経験があるのかもしれない。悪意ある人間に虐待《ぎゃくたい》を受けたのかもしれない。
ルルはハーフドッグだ。人間であると同時に犬でもある。過去に何があったにせよ、「犬だから」「人間だから」という理由だけで憎悪《ぞうお》をむき出しにする彼らを見ていると悲しくなってしまう。
〔そういうの、やめよーよ〕
二頭が左右に分かれて移動した。野良犬たちがルルを取り囲む形になる。
〔仲良くしよーよ。喧嘩はやだよ〕

野良犬たちは牙《きば》を剝《む》き出しにしてうなっている。脅《おど》しだけでなく、本当に攻撃する気だ。

〔犬でも人間でも、どっちだっていいでしょー!?〕

正面の一頭が飛びかかってきた。もちろん、よける。が、そこに横手《よこて》から二頭めが襲いかかってきた。彼らは連携《れんけい》している。普通の喧嘩とは違う。狩りをするときの動きだ。

二頭めの体当たりを受けて転倒したところに、一頭めがおおいかぶさってきた。太い脚でルルを押さえつけ、口を開いて首筋に咬みつこうとする。それだけではない。三頭めが猛然《もうぜん》と近づいてくる。ルルの無防備《むぼうび》な腹部をめがけて。

〔やだ、やだ、やだーっ〕

そのとき、三頭めが「ギャン」という悲鳴を上げた。ルルに食いつこうとしていたはずなのに、今は少し離れたところに転《ころ》がってうめいている。

「うらっ」

という人間の声。ロロだ。手に細長い木の枝を持っている。それを振って野良犬たちの鼻面《はなづら》を叩く。野良犬たちは甲高い悲鳴を上げてルルから離れた。

〔あーん、ロロくん、ありまとー。助かったー。愛してるー〕

とルルが犬語で言う。

「バカヤロウ!」

とロロが人語で怒鳴《どな》る。

「なんで、こんなところで犬になってんだよ、おまえはっ」

〔ちょっと尾行をば〕

「はあ!?」

転がっていた野良犬たちが起き上がった。しっぽが完全に逆巻《さかま》きで、股《また》の間に入っている。ロロに立ち向かうことなく、コソコソと逃げ出した。

「あ、こら、逃げんじゃねーっ」

ロロは野良犬たちを追って走りだす。

「おまえはそこで待ってろっ」

とルルに言い置いて走り去る。

残されたルルは、自分の衣服と荷物に目をやった。

(あーん、ドロドロ〜)

まだ新品の制服が引きずられて泥《どろ》だらけになっている。ルルは悲しい気分で制服をくわえ、物陰《ものかげ》へ向かった。


下校中の洋治は、公園で騒ぐロロの姿を見かけた。数匹の犬を相手に何か怒鳴っていた。いじめられている犬を助けてやったのかと思ったら、なぜかいじめられていたほうの犬も怒鳴りつけていた。訳が判らない。

ロロが逃げた犬を追って走りだし、あとにはいじめられていた一匹だけが残った。その一匹は地面に落ちた何かを見つめている。よく見れば、それは洋治たちの学校の女子の制服と鞄だった。

犬は制服をくわえて歩きだした。あとには鞄が残されている。洋治は近づいて鞄を見た。

「あれ？　このアクセサリ……」

鞄についていたアクセサリに見覚えがある。見た物すべてを覚えているわけではないが、これは特別だ。なぜなら、これがルルの物だから。

これはルルの鞄だ。ということは、あの制服もルルの物に違いない。

(鞄と制服が置《お》き去《ざ》りにされるというのは、どういう状況だろう)

すぐには思いつかないが、何か尋常《じんじょう》ではないことが起きたのは間違いない。ルルの身に何かあったのだろうか。にわかに不安がふくらんでくる。

とりあえず鞄を拾い、制服をくわえた犬を追った。

犬は物置小屋の裏手に入ってゆく。逃げられては困るので、気づかれないように足音を忍ばせて後に続く。物置小屋の角に身を隠し、裏手の様子をうかがった。

犬が制服を口から放して地面に置いたところだ。少しの間、制服を見つめたり匂いを嗅いだりしていたかと思うと、犬はオスワリの姿勢になった。

そのまま、静かに目を閉じて座っている。その横顔はまるで瞑想《めいそう》でもしているかのようだ。

（なんだろう。あの犬、どこかで見たような気がするな）

初めて見る犬のはずだ。それなのに、見覚えがある。親しい、そしていとおしい、身近な誰かを連想させる。

気がつくと、犬の周囲を燐光《りんこう》に似た細《こま》かな光が取り巻いていた。

（え？　なんだ？）

洋治は無意識の動作で眼鏡の位置を直していた。目の錯覚《さっかく》ではない。確かに輝いている。

犬がすっくと立ち上がった。後ろの二本脚で。

膝《ひざ》と腰がまっすぐに伸びたその姿勢《しせい》は、まるで人間のようだ。姿勢だけではない。全体のサイズが大きくなり、それと共に腿《もも》や膝下のバランスが変わってゆく。

前脚もバランスが変わる。特に指先の変化が著《いちじる》しい。それはすでに人間の手のようだ。

そう思う間にも、変化は続く。すでに口も短くなり、顔つきも人間らしくなってきた。

（！）

洋治は犬の横顔に見覚えがあるように感じていたわけに気づいた。そうやって変化《し》してみると、それは洋治のよく知る人物、いま最も気になる人物、洋治の心の大半を占める人物の顔に他ならない。遅ればせながら、その犬の全身をおおう毛の色は、彼女の髪の色とまったく同じだと気づく。

「あ、滝沢さん……」

犬がビクリとして振り返った。いや、それはすでに犬ではない。まだ体毛こそ残っているが、その顔や体つきは人間と同じ。滝沢ルルそのものだ。

ルルは目をまんまるにして洋治を見ている。

「ヨ、ヨーチくん!?」

そうつぶやいたきり、言葉は続かない。洋治のほうも、かける言葉が見つからない。

黙って見つめ合ううちにも、体毛が急速に薄くなってゆく。毛に隠れていた人間の白い肌《はだ》があらわになる。最後に残った犬耳《いぬみみ》としっぽが引っ込んで、ルルは完全な人間の姿になった。


ロロが聞き覚えのある声を耳にしたのは、雑木林の近くの人通りの少ない場所だった。

それは、ほんのかすかな声だったから、普段なら気がつかなかっただろう。気づくことができたのは、たまたまロロが犬耳を出していたおかげだ。見失ってしまった野良犬を探すために嗅覚《きゅうかく》と聴覚《ちょうかく》を使おうと思ったところだったのだ。

その声は誰かを探しているようだった。

「ちっちゃなラッシーちゃーん、どこー」

幼い女の子の声だった。すでにあたりは暗くなり始めている。周囲は人通りの少ない地域だ。好ましい状況ではない。聞こえるのは女の子の声だけで、保護者がいっしょにいる様子はない。

(気に入らねえ)

ロロは走った。雑木林を横切って道へ出た。あまり広くない裏道だ。そこに彼女の姿はあった。街灯の近くでうろうろしている。

「ちっちゃなラッシーちゃーん、どこー」

「チェリ」

と声をかけようとして思い止《とど》まる。犬耳犬しっぽが出しっぱなしだった。急いで引っ込めて、ふたたび声をかけようとした。

そのとき、暗がりから、ぬっと人影が出てきた。若い男だ。そんなやつが隠れていたとは気づかなかった。しっぽを引っ込める前に周囲《しゅうい》を探《さぐ》っておくのだったと後悔《こうかい》したが、すでに遅い。

チェリが男に気づいた。不思議そうな顔で男を見上げている。男は物も言わずにチェリの肩に手を伸ばした。

「チェリ！」

「あ、ロロくん」

振り返って答えたチェリの様子に緊迫感《きんぱくかん》はない。

「あれ？」

拍子抜《ひょうしぬ》けして気がゆるむ。男の人相《にんそう》があまり上品ではなかったので、てっきりあの子を狙《ねら》う痴漢《ちかん》か何かなのかと思ってしまった。

踏《ふ》みだしかけていた足を戻し、ロロは確かめた。

「そいつ、知り合いか」

「ううん。ぜんぜん知らない人」

「ダメじゃん！」

ロロは地を蹴った。同時に怒鳴る。

「チェリ、離れろっ」

声に驚いたのか、チェリは体をびくりとさせたが、逃げようとはしない。

いや、違う。逃げられないのだ。すでに男がチェリを押さえつけている。

「その薄汚《うすぎたな》い手を離しやがれぇぇぇぇぇっ！」

叫びながら殴りかかろうとする。

そこへ車が突っ込んできた。

「なっ⁉」

チェリにばかり目がいって、まるで気づいていなかった。とっさに飛びのいたが、完全にはよけきれない。腰を痛打《つうだ》した。

「ぐっ」

痛みと衝撃で倒れ伏《ふ》すロロの耳に、チェリの声が聞こえてくる。

「ロロくん、平気⁉」

「このガキ、こっちへ来い。車に乗るんだ」

「やだやだ、離して。ロロくんが大変なの。助けなくちゃ……きゃあっ」

そしてドアの閉まる音。車内からロロの名を呼ぶくぐもった声が漏《も》れ聞こえてくる。

痛みをこらえて顔を上げると、車が動きだすところだった。

「待……ち……やがれ……」

車はタイヤをきしませて急発進した。

「ヨーチくんのエッチィ！」

全裸《ぜんら》でうずくまりながら、ルルは怒鳴った。

「女の子の着替えをのぞくなんて最低～。そんな人だとは思わなかったよ。ばかぁっ！」

「着替えって……」

返ってきたのは、妙《みょう》に冷静なヨーチの言葉。

「これを『着替え』のひと言で済《す》ませるのはどうかと思うよ。だいたい、僕は人間の女の子じゃなくて、犬の様子を見てたつもりだったんだから」

「あ……」

そうでした。ヨーチには犬から人間の姿に変形するところを目撃されてしまったのです。そっちのほうが問題です。大問題です。

「とりあえず、服を着なよ。僕は向こうで待ってるから」

そう言って、ヨーチは物置小屋の向こうへ姿を消した。

たとえ間に物置小屋があっても、すぐ近くにヨーチがいて、自分が裸であることを知っていると思うと、「一秒でも早く服を着なければっ」と気があせる。

ルルは大急ぎで服を手に取った。まず下着……は野良犬の唾液《だえき》でペチョペチョだったのでパスして、それ以外の衣服を身につけた。完了までに要した時間は二十秒フラット。自己ベスト更新かも。

深呼吸を一回。

二回。

三回。

ポケットに入れっぱなしだった手鏡を取り出して、髪と服をチェック。手櫛《てぐし》で髪をすき、襟《えり》のあたりを整えて、戦闘準備完了。

「軍曹殿《ぐんそうどの》、ルル二等兵《にとうへい》はいつでも死ぬ覚悟であります！」

てな気分。

物置小屋を回り込んで、ヨーチと対面《たいめん》した。

「これ、拾っておいたよ」

ヨーチはルルの靴を手渡してくれた。彼の顔に浮かぶは柔和《にゅうわ》な笑顔。

(てゆーか、普通！　普通すぎっ！　もうちょっと、驚くとか、怖がるとか、なんかあるでしょ⁉)

ルルは恐る恐る確認する。

「見た……んだよね？」

「見たよ。バッチリと」

何を、の部分を口にしてくれない。「バッチリと」見たのがルルの裸だけだったらセーフなのだが（いや、それはそれでアウトなんだけど）、そうでないことは判っている。

「驚かないの？」

「驚いてるよ」

「そんなふうには見えないんだけど」

ルルがそう言うと、ヨーチはその言葉のほうに少し驚いたようだった。

「僕って、パニックになりにくい質《たち》らしくてね。普通じゃない状況に直面すると、逆に冷静になるんだ」

「うあっ。なんか、それ、いかにもヨーチくん、て感じ」

「……あんまり嬉しくないかなぁ」

とヨーチは苦笑した。

「それで、アレがなんなのか、説明してもらえるかな？」

「う……」

ズバリと聞かれて言葉につまる。

「や。まあ。見ての通り……なんだケドッ」

「それじゃ説明になってないって」

ヨーチはいつもの笑顔で言った。その顔と口調のおかげか、ルルも気分が楽になる。見られたのがヨーチで良かった、と思う。他の誰かが相手だったら、パニクって泣きわめいて逃げ出しているところだ。

「滝沢さんは犬になったり人間になったりできるわけ？」

「うん。わたし、ハーフドッグだから」

「ハーフドッグ？」

「犬と人間、両方の血が流れてるの～。だから、わたしは人間でもあるし、犬でもある。ママには『犬として生きるか人間として生きるか、大人になるまでに決めなさい』って言われてるけど」

「ああ、モラトリアム犬なんだね」

と言ってヨーチはフフッと笑う。

「もら……？」

どうも、それはヨーチの冗談らしかったのだが、ルルには何が面白いのか判らなかった。

「どっちかに決めないといけないの？」

「てゅーかぁ、自由に変形できるのは若いうちだけだから。年を取ると、だんだん難しくなるんだって」

「じゃ、ときどき変形（？）して、どっちがいいか試してるんだ？」

「まあ、だいたいそんな感じだけど、でも、今日は違うよ。犬のほうが便利かなって思ったから犬になってただけ～」

「便利って？」

いくらヨーチが相手でも、その質問に答えるのは恥ずかしい。でも、ヨーチにはある程度の事情を話してあるから、他の友人に一から説明するよりは楽だ。

だから、冗談めかして言ってみた。

「今日は杉木くんを尾行したのですっ♪」

「ストーカー？」

「ぎゃん！」

「あ、嘘々《うそうそ》。好きな人のことを知りたいって思うのは、自然な感情だよ」

と言ってヨーチは笑う。

いつもの笑顔だ。今のやり取りは普段のヨーチと比べて「意地悪度三〇％アップ」って感じだったけど、密《ひそ》かに予想し恐れていたような反応に比べたら、十倍ましだ。

「ヨーチくん、ホントに冷静だね。逆にこっちが驚いちゃうよ～」

「さっきも言ったけど、僕って、普通じゃない状況のほうが冷静になれる人だから」

「うん。ヨーチくんがそういう人で良かった。ばれたのがヨーチくんで良かった」

ヨーチがやわらかく笑う。

「大丈夫だよ、滝沢さん。こんなことで滝沢さんを嫌いになったりしない。このことを言いふらしたりもしない。安心して」

ヨーチはとってもいい人で、頭も良い人だ。だから、ルルが口にしなかった不安も、ちゃんと察してくれている。

「あ……ありがとう」

嬉しくて涙が出てくる。あとからあとから溢《あふ》れてくる。大量の涙がほおを伝い、あごの下まで濡らして地面に落ちてゆく。「ぐええ～」と、あまり可愛くない声も漏れてしまう。こんな大泣き、滅多《めった》にしない。

ルルはヨーチの胸に飛び込んだ。

「本当にありがとう！　ヨーチくんが友達で良かった！　これからも、ずっとずっと友達でいてね！」

その瞬間、なぜかヨーチが硬直したような気がした。

ルルを自宅まで送りながら、洋治は密かに落ち込んでいた。

——これからも、ずっとずっと友達でいてね！

あれは痛かった。ルルが普通の人間でなかったという事実も衝撃的だったが、それ以上にあのひと言がこたえている。

それだけではない。あらためて「最高の友達」として認定《にんてい》された洋治に、ルルは杉木とのことを相談してきた。

「杉木くんて、いろんな女の人と遊んでるらしいの〜」

「杉木くんには、他の人みたいに話しかけられないの〜」

「杉木くんに無視されると、泣きそうになっちゃうの〜」

どの言葉も洋治の胸を締《し》めつけた。反射的に杉木を罵《ののし》りたくなったが、洋治を信頼しきったルルの顔を目の前にすると、どうしても当たり障《さわ》りのない答えを返してしまう。彼女の信頼を利用して自分に気持ちを向けさせるような機会もあったはずだが、それを実行することはできなかった。

自分は正義の味方や聖人君子《せいじんくんし》などではなく、小ずるい小市民だと、洋治は認識している。けれど、ルルの無邪気さが洋治を縛《しば》る。

（僕ってお人好《ひとよ》し。もっとうまく生きたいよ）

と心の中で頭をかかえたりもする。

あたりはすっかり暗くなっている。二歩先を歩くルルの横顔を斜《なな》め後ろから盗《ぬす》み見た。

街灯《がいとう》に照らされた横顔は、普段とちょっと印象が違って見える。いつものルルは「愛らしい」、今の彼女は「きれい」だ。

（「好きだ」って言ったら、どんな顔をするかな）

もちろん驚くに違いない。困りもするだろう。でも、そのあとは？

無下《むげ》に断ることはないんじゃないかと思う。ルルは相手の気持ちを大切にするし、洋治のことは友達だと思ってくれている。ルルの杉木への想いがどの程度か、洋治には判らない。でも、自分とのほうがずっと親密な間柄《あいだがら》だということは判っている。

「ねえ、滝沢さん」

「ん～？」

ルルは前を向いたまま答える。そのほうがありがたい。顔が見えないほうが言いやすいから。

「もしも……『もしも』だよ？」

ためらいながら、言葉を口にする。

「もしも、仮に、僕が滝沢さんのことを……」

「キャアッ！」

唐突に、ルルが転んだ。

「滝沢さん？」

「つまずいた～」

急いで駆《か》けよ……ろうとして立ち止まる。転んだせいでスカートが大きくめくれているのだが、なぜかルルは下着をつけていないのだ。

白くて丸いお尻。しっぽは生えておらず、獣毛《じゅうもう》におおわれてもいない。つるっとして柔らかそうだ。

そのお尻が動いた。

（おっと）

無意識のうちに凝視《ぎょうし》していた自分に気づき、洋治は急いで目をそらした。

ルルは独りで立ち上がった。めくれていたスカートが落ちてお尻も隠れる。

「変形したすぐ後って、よく足がからまったりするの。他のみんなは、そんなことないって言うんだけど……。なんでかな～」

屈託《くったく》のないルルのつぶやきに、なぜか罪悪感《ざいあくかん》を覚える洋治である。

（今のはただの事故だから、僕に責任はないよなぁ？）

それでも申し訳ない気持ちになるのはなぜだろう。

「ん？　どうかした？」

「いや、別に」

今のことは黙っておくことにした。

ルルの家に近づいた。

「そんなはずがあるか！　居場所の見当くらいつくだろう！」

玄関で声を荒らげる若い男の姿がある。

「え、嘘。杉木くん!?」

とルルが驚きの声を上げた。言われてみれば確かにあれは杉木一刻だ。玄関先でルルの母親の恵が相手をしている。

ルルの声に気づいた杉木が振り返り、大股の早足で近づいてきた。だが、なぜか、彼はルルではなく洋治のほうをまっすぐに見つめている。

「おまえが滝沢ロロか？」

「いや、違うけど」

杉木の舌打ちをする音が、はっきりと聞こえた。彼は一瞬で洋治に興味を失ったらしく、すぐにルルのほうへ向き直った。

「おい、滝沢ロロはどこだ」

その口調、顔つき、全身に力の入った様子。どこを取っても明らかに怒っている。

「智李の居場所を知っているか」

「え……と……ちえり？」

ルルは杉木の剣幕《けんまく》に戸惑《とまど》い、怯えている。洋治はふたりの間に割って入り、ルルを背後にかばうように立った。

「落ち着けよ。判るように話してくれ」

「邪魔だ。関係ないやつは引っ込んでろ」

「滝沢さんは僕の大切な友人だ。ロロ君のこともよく知っている。無関係じゃない」

「滝沢ロロの居場所を知ってるのか!?」

今にもつかみかかってきそうな勢いの杉木を手振りで押しとどめた。

「だから、落ち着けって。まず、何をそんなに怒っているのか、教えてくれないか」

「妹さんが誘拐《ゆうかい》されたかもしれないんですって」

ヨーチの問いに答えたのは、杉木ではなく恵だった。

「ゆ、誘拐!?」

「それは……」

ルルとヨーチはそろって絶句した。

恵が間に入ったことで頭が冷えたのか、杉木は静かな口調で言った。

「智李が……俺の妹が変な連中に連れて行かれるのを見た、と近所の人が知らせてきたんだ」

「それとロロ君がどう関係するのかな」

「妹にからんでいたやつらの中に滝沢ロロがいた」

はわっ

「やだぁっ」

と声を上げたのはルルだ。

「それって、ロロくんが杉木くんの妹さんをどっか連れてっちゃったってこと!?」

ルルはおろおろした様子で「なんでそんなことを」「わたしのせい？」「どうしよぉ」

などとつぶやいている。

「ちょっと待って。滝沢さん、ロロ君がそんなことするはずないよ」

洋治は早口でそう言った。不安そうなルルを安心させたいと思ったからだ。

が、その意図《いと》をルルとロロの母親の恵がふいにする。

「いやあ、判んないわよぉ。あの子、後先考えずに突っ走ることがあるから」

「母親が自分の息子を疑ってどうするんですか」

洋治はあわてて杉木に言った。

「彼にはトラブルメーカー的なところもあって他人から誤解《ごかい》されやすいけど、でも、悪い人物じゃない。何かの間違いだと思うよ」

「でも、あの子ったら、今日だけじゃなくって、前々から妹さんに近づいてたらしいのよ」

「いや、だから、あなたはどっちの味方なんですか!?」

もっとも、恵に深刻な様子はない。本気でロロを疑っているわけではなく、逆に信用しているからこそ、こんなことも言えるのだろう。

「だって、警察の人がそう言ってたのよねえ？」

と恵が杉木に水を向けた。

「ああ、そうだ。間違いない」

「警察……？」

意外な言葉に洋治は驚いた。杉木が何か早とちりでもしているのだろう、と軽く考えていたが、どうやらもっと込み入った話らしい。

「ロロくんのばかーっ。なんてことするのーっ！」

ルルはいきなり叫んだかと思うと、その勢いのまま杉木に言った。

「わたし、探すからっ。ロロくんのこと、探して、妹さんはちゃんと返すからっ」

もう完全にロロが悪いことをしていると決めつけている。

「あ、ああ」

杉木のほうがルルの勢いに戸惑っているように見える。洋治は少しロロのことが不憫《ふびん》になった。

「でも、滝沢さん、どこを探すつもり？」

「どこって……」

ルルは二秒ばかり考えたが、もちろん何も思いつかなかったらしく、洋治にすがるような目を向けてきた。

「どこだろ？」

「いや、僕に聞かれても」

と洋治が答えると、ルルは杉木のほうを向いた。

「どこだと思う？」

杉木は大きく舌打ちをした。

「要するに、おまえらにも心当たりはないんだな」

「……めう。ごめんなさい～」

杉木の失望した様子に、ルルは小さくなった。

「しばらくここで待ってみたら？」

と恵が言った。

「言われなくてもそうする」

杉木はしばらく居座《いすわ》ったが、いつまでたってもロロは帰ってこなかった。

きしのちかい

ロロは走った。四本の脚《あし》をフルに使い、しっぽを寝かせ、頭を低くし、耳を後ろに向け、飛ぶように走った。チェリを乗せた車を追って。

二度ほど目標《もくひょう》を見失いかけたが、その度《たび》に立ち止まって匂《にお》いと音を確かめた。付近《ふきん》に複数の自動車の気配《けはい》を感じても大丈夫。匂いと音で車種《しゃしゅ》を見分けられる。ロロの特技《とくぎ》だ。いったん見失っても、すぐに位置をつかんで追いつけた。

やがて、車は止まった。住宅地から離れた場所だ。目で見て判《わか》るのは、安価《あんか》なプレハブと思《おぼ》しき古びた建物が二つあるということだけ。

だが、ロロの鋭《するど》い鼻と耳は別のものを感じている。

（鼻が曲がるぜ）

強烈な臭気《しゅうき》だ。これだけ匂いが強ければ、人間の鼻でも気づいたかもしれない。

複数の犬の体臭《たいしゅう》と糞尿《ふんにょう》。耳をすませば鳴き声や息づかいも判る。どうやら、ここは犬の繁殖業者《はんしょくぎょうしゃ》らしい。

（胸くそ悪い）

普通の犬の体臭だけなら問題はない。だが、このケンネルは異常だ。糞尿の臭気が強すぎるし、膿《うみ》や不健康な分泌物《ぶんぴつぶつ》の臭いも多い。

（ろくな業者じゃねえな）

ロロが止まった車のところへたどり着いたときには、すでに乗っていた人間たちの姿はなかった。チェリは二つある建物《たてもの》のどちらかに連れ込まれたらしい。

建物は大小二つ。大きいほうからは犬の強い臭気を感じる。小さいほうが人間用だろう。ロロはそちらへ向かった。

小さな建物の周囲《しゅうい》を回って中の様子を探《さぐ》る。が、背後の大きな建物が騒《さわ》がしい。ギャンギャンとやかましく吠《ほ》える声がすべての音や気配をかき消してしまう。鼻のほうも異様な臭気のせいで役に立たない。

ロロは後ろ脚で立ってみた。その姿勢だと前脚が窓に届くが、中の様子をのぞくには、少し足りない。いったん四本脚の姿勢に戻る。立つだけで届かないなら飛び跳《は》ねるまでだ。ロロは身をたわめ、飛び上がろうとした。

バサッ。

という音が聞こえ、視界が暗くなる。
〔な、なんだ⁉〕
何かをかぶせられた。袋か毛布《もうふ》か、何かそんな物だ。複数の人間の怒声《どせい》が聞こえる。
〔ぐえつ〕
腹を殴られた。いや、蹴られたのかもしれない。とにかく、きつい一発だ。それでロロの動きが止まってしまった。

杉木《すぎき》は滝沢家《たきざわけ》の前に居座《いすわ》っていたが、ロロが帰宅《きたく》することはなく、連絡もなかった。遅い時間になってから私服《しふく》の警察官が訪ねて来て、それと入れ違いに杉木は帰宅した。

その時間まで、洋治《ようち》はルルといっしょにいた。帰らずに残っていたのは、彼女のことが心配だったからだ。ただし、そうでなくても知らん顔はできなかったろう。洋治はそういう自分の性格をよく判っている。

（これだからロロ君から「委員長《いいんちょう》」なんて呼ばれるんだろうな）

リビングのソファにルルとふたりで座っている。少し前までは滝沢家の他の家族もいっしょにいたが、今はそれぞれの部屋に引っ込んでしまった。

「わたし、探しに行く」

いきなり、ルルが立ち上がった。

「ロロくんを探しに行くっ」

「気持ちは判るけど、やめたほうがいいよ。もう夜だし、手がかりだってないんだから」

「だいじょぶ。犬になるから」

犬の姿で臭跡《しゅうせき》をたどるのだと言う。

「それでも、やっぱり危ないよ。もう遅い時間だし」

「えー、平気だよぉ」

野良犬《のらいぬ》に囲まれて怖《こわ》い思いをしたことは、もう忘れているらしい。しばらく押し問答《もんどう》を繰《く》り返したが、ルルの決意をくつがえすことはできなかった。

洋治は軽くため息をついて言った。

「判ったよ。でも、独《ひと》りじゃダメだ。僕もいっしょに行く。いいね」

そう言うと、ルルは大喜びで飛びついてきた。

「ありがとー。そう言ってくれると思ってた」

密着《みっちゃく》する熱い身体《からだ》を感じて、ちょっとドギマギする。

「あ、うん、まあ。当然のことだよ」

ルルの肩にそっと手をそえる。いっそ、このまま抱きしめてしまいたい。抱きしめたらいやがるだろうか？　……大丈夫のような気がする。今は部屋にふたりきり。実はチャンスなのではなかろうか。

などと考えていると、ルルはすっと洋治から離れた。チャンスは一度きり。逃せば二度と戻らない。

「ちょっと待ってて」

ルルはリビングから続く部屋に入って、何かを取ってきた。犬の首輪と散歩用のリードだ。それを洋治のほうに差し出しながら、ルルは言った。

「あとで、この首輪をわたしにはめて、紐《ひも》でつないで」

「あとで」というのは「犬の姿になったら」という意味だろう。本物の犬の散歩なら妥《だ》当《とう》なスタイルだが。

「必要ないんじゃないかな。滝沢さんは、こんなのつけてなくても逃げないよね」

ルルは気取《きど》った調子で人指し指を揺《ゆ》らし、チッチッチッと舌を鳴らした。

「判ってないなぁ。これはコミュニケーションの道具なのだよ、お兄さん」

「コミュニケーション？」

「紐と首輪で会話するの♥」

よく判らない。

「じゃ、変形してくるね～」

ルルは隣《となり》の部屋に戻った。

洋治は受け取った首輪をながめた。

革製《かわせい》でしっかりした作りだ。星やハートなどの形をしたキラキラするシールをいくつも貼《は》ってある。金具のところには金属製で楕円形《だえんけい》の札《ふだ》が下がっている。札の片面にはラメ入りマーカーで女の子の似顔絵と「ＲＵＲＵ」という文字が書かれている。逆の面には「タキザワ」という文字と電話番号が彫《ほ》り込まれている。

ルルは隣の部屋でしばらくガサゴソやっていたが、やがて、木製《もくせい》の引き戸をカシカシと引っかく音が聞こえてきた。

「滝沢さん？」

返事はない。カシカシカシ、という音が聞こえるだけ。

「開けるよ？」

今度は「おん」という鳴き声が聞こえた。その声にネガティブな意味があるような感じはしなかったので、勝手に「いいよ。開けてっ」という意味に解釈《かいしゃく》しておく。

引き戸を引くと、見覚えのある犬が洋治を見上げていた。

「滝沢さん？」

犬は「おん」と鳴いてしっぽをパタパタ振った。やはりこれがルルらしい。

ルルは洋治が手に持つ首輪を鼻でつついた。

「はめるの？」

「おん」

ルルはオスワリの姿勢で待つ。洋治は片膝《かたひざ》をついて首輪をはめてやった。それからリードもつなげてやる。

「これでいいのかな」

ルルは立ち上がった。鼻を少し上に向け、しっぽをくるんと巻き上げたその姿勢は、どことなく自慢《じまん》げに見える。

洋治のほうを向いて「おん」と鳴くと、ルルは歩きだした。彼女の首輪はリードにつながっており、そのリードの反対端《はんたいはし》は洋治が握っている。ルルが歩きだすとリードを通じて洋治も引っ張られることになる。

「おっと」

ルルに引かれるまま、洋治も歩きだす。ふたりはそのまま玄関を出て、夜中の住宅街へくりだした。

ルルが首輪とリードを「コミュニケーションの道具」だと言っていた意味は、すぐに判った。

ルルの動きの一つ一つがリードを通じて洋治に伝わってくるのだ。行きたい方向、興味の程度、そして感情までもが感じられる。

逆に、洋治の気持ち・考えをリードで伝えることもできる。もちろん、洋治↓ルルの伝達には言葉を使うほうが確実なのだが、とっさのことで叫ぶくらいしかできないとき（たとえば、飛び出してきた車をよけるようなとき）には、リードでの意思表示《いしひょうじ》も役に立つ。

それはそれとして。

「どう、滝沢さん?」

頭も耳もしっぽも、みんな下がっている。洋治の勘違《かんちが》いでなければ、ルルはしょぼくれているようだ。

ルルは洋治を見上げ、「きゅう」と鳴いた。

「判らないんだね」

「きゅう」

洋治とルルは、ロロの足どりを追って臭跡を探し回った。スタートはルルが野良犬にからまれていた公園だ。そこからルルは臭跡をたどってロロを探そうとした。が、最初の最初でつまずいた。ルルはロロの臭跡を見つけられなかったのだ。結局、洋治の推測とルルの勘を頼りに探すしかなかった。

そしてそれから一時間以上。同じことを続けているが、手応《てごた》えはまるでナシ。

「今日はもう帰ろうよ」

リードを引くと、ルルは四本の脚を踏《ふ》ん張《ば》って抵抗した。

「闇雲《やみくも》に歩き回るより、もっといいやり方があるはずだよ。今日はもう休んで、明日出直そう」

まだルルは踏ん張っている。

「帰ったらロロ君から連絡があるかもしれないよ。彼も携帯電話は持っているんだろ

う？」

ルルの踏ん張っていた力がゆるんだ。

「帰る？」

ルルは「わふ」と鳴いてうなずいた。


ロロは袋から乱暴《らんぼう》に放り出された。

途端《とたん》に強烈な異臭が鼻をつく。離れたところからでも感じられた、あの不健康な犬の体臭と排泄物の臭気だ。

ロロが周囲の状況を理解する前に、ガチャンという音が聞こえた。そちらのほうを見ると、鉄格子《てつごうし》が見えた。たった今、扉を閉められたばかりらしい。

鉄格子の向こうに人間の姿が見えた。中年の男と若い男、合わせてふたり。ロロは牙《きば》を剝《む》いてうなった。

ガルルルッ。

だが、鉄格子で隔《へだ》てられている安心感からか、人間どもはロロの威嚇《いかく》を歯牙《しが》にもかけない。

「あれ？　こいつ、うちの犬じゃないっす」

「やっぱり、そうか。外をうろついてるなんて、おかしいと思ったんだ」

「どうするっすか」

「かまうこたねーや。このまま、うちの種犬《たねいぬ》にしちまえ」

人間どもは笑いながら遠ざかってゆく。ロロは静かにそれをにらみつけている。檻《おり》を閉ざしているのは単純な掛け金だけ。こんな檻、人間の姿になれば簡単に出られる。犬用の檻だから少しせまいが、人間の姿でも手足を折り曲げれば大丈夫だ。まずは、彼らが完全に建物の外に出るのを待って……

「わんちゃん、大丈夫？」

思わずロロはびくりとしてしまった。まだ他に人間がいたことに気づいていなかったのだ。

その声は隣の檻から聞こえてきた。目を向けると、犬用の檻に入れられた人間の女の子――チェリの姿があった。

〔犬の檻に閉じ込めてるのかよ！〕

今度は彼女がびくりとする番だった。ロロの声に驚いたらしい。

〔あ、悪い。脅《おど》かしちまったか。まさか、おまえがこんなとこに閉じ込められてるとは思わなくて……〕

ロロは自分が犬語《いぬご》しか話せないことに気づいた。今は何を言っても通じない。

だが、チェリはふたたびこちらの檻に近づいてきた。声の調子から、彼女を案じていることを感じ取ってくれたらしい。

「わんちゃんも捕《つか》まっちゃったの？　ちえりも捕まっちゃったんだよ。おそろいだね」

どことなく嬉《うれ》しげに聞こえなくもない。そんなことでも「おそろい」は嬉しいものなのだろうか。

チェリが鉄格子の間から小さな手を伸ばしてきたので、ロロは鼻先を近づけ、彼女の指をぺろりと舐《な》めた。

「きゃははっ」

チェリはくすぐったそうに笑った。


翌日、ルルは杉木家の門前に立っていた。

金属製の大きな門扉《もんぴ》はピッチリと閉ざされている。門柱《もんちゅう》に呼《よ》び鈴《りん》のボタンがある。ルルは先程からそのボタンを見つめて固まっている。

言うまでもなく、杉木に協力して彼の妹とロロを探したいと思ってやってきたのだが、昨夜の杉木の敵意と不信感に満ちた様子を思いだすと、顔を合わせるのが怖くなってしまう。

「滝沢さん、僕が話をしようか」

顔を横に向けると、ヨーチが心配そうな微笑《ほほえみ》を浮かべてルルを見ていた。

彼は今日も朝からルルに付き合ってくれている。本当にありがたい。その友情に甘えて、ついつい頼りたくなってしまう。

「う……い、いいっ。自分でがんばる」

「滝沢さんがそう言うなら」

と応じたヨーチの口ぶりは、どことなくさみしそうだ。厚意《こうい》を無下《むげ》にされたと思わせてしまったのだろうか。

「あ、違うの。ヨーチくんには感謝してる。昨日も今日も、いっしょにいてくれて、ありがと。ヨーチくんが助けてくれないと、たぶん、わたし独りじゃあんまり役に立たないと思うし。でも……てゆーか、だから？　自分でできることは、なるべく自分でしなきゃって」

「判った、判った」

ルルが夢中で言葉を並べているうちに、ヨーチの笑みは苦笑《くしょう》に変わっていた。

「そんなに必死にならなくても大丈夫だよ。長い付き合いなんだから、滝沢さんのことはちゃんと判ってる」

彼の言葉で身構《みがま》えていたものがすうっと軽くなった。

ルルの最大の秘密を知られたことで、ヨーチとは今まで以上に親密になれた。ルルの秘密を知っても、なお、変わらぬ間柄でいてくれる人間がどれだけいるか。考えれば考えるほど、ヨーチは貴重な存在だと思えてくる。

「うん。ありがと～。やっぱり、ヨーチくんは……」

「何を騒いでる」

刺《とげ》のある声が聞こえた。いつの間にか門扉の脇の通用口が開いていて、その向こうに杉木が立っていた。

「あ、杉木くん、おはよ～」

突然のことで心の準備ができていなかったルルは、何かを考える前に挨拶の言葉を口にしていた。その口調《くちょう》が我ながらお気楽だったような気がする。

（きゃーっ。失敗したーっ）

案《あん》の定《じょう》、杉木の表情は硬《かた》くこわばった。当然だが、挨拶を返してくれたりもしない。

「滝沢さんは君の助けになりたいって」

ヨーチがフォローしてくれた。

が、杉木の反応は冷たい。

「あの男の家族を信用できるはずがないだろ」

「家族だからっ」

ルルはなんとか己《おのれ》を奮《ふる》い立たせ、自分の思うところを杉木にぶつけた。

「責任取るよ。ロロくんのしたことの責任、取る。だから協力させて。妹さんを探す手伝いをさせて」

「無理だ。特に、あんたみたいなやつには」

「あんたみたいって……？」

意味が判らず、ルルは戸惑《とまど》う。

「あんた、考える前に走りだすタイプだろ」

「え、それは……」

そのとおりだったが、日頃から自分でも欠点だと自覚している部分だけに、素直に認めるのは抵抗がある。

「あんたみたいなタイプは、土壇場《どたんば》になったら、自分の兄弟のほうをかばうに決まってる」

「そんなことな……」

ルルの抗議《こうぎ》は、杉木の強い言葉にかき消される。

「誰だって自分の兄弟は大事だろうが！」

そう怒鳴《どな》った杉木の妹の誘拐《ゆうかい》に、ルルの兄弟が関わっている。ロロはルルにとってかけがえのない兄弟だ。そのロロのせいで杉木が苦しんでいるかと思うと、居ても立ってもいられない。逆に、杉木は妹を想う自分の気持ちから、ルルがロロを想う気持ちを類推《るいすい》し、それゆえに信用できないと言っている。

彼の気持ちが手に取るように理解できてしまった。よく人から「天然」だの「鈍い」だのと言われる自分なのに、なんでこんなときだけ察しが良いのか。自分の頭の出来《でき》が恨《うら》めしい。

「言いたいことはそれだけかい」

気がつくと、ヨーチがルルを背後《はいご》にかばうように立っていた。

「君の妹さんには同情する。君の心境も理解できる。だが、だからといって、真摯《しんし》に真心からの協力を申し出ている滝沢さんを傷つけていい理由にはならない」

「ヨーチくん！」

ルルは驚いてヨーチの肩をつかんでいた。

「やめて。わたしは平気だから。ね？」

彼が自分のことを心配してかばってくれているのは判るが、そのために杉木を責《せ》めてほしくはない。

「でも、滝沢さん……」

「平気だってばぁ」

「うるさいっ！」

杉木が物凄《ものすご》い形相《ぎょうそう》でルルとヨーチのことをにらんでいた。ふたりの何がそこまで彼を怒らせたのだろう、とルルは疑問に思った。が、それを口にする機会はなく、杉木は通《つう》用口《ようぐち》の扉を叩《たた》きつけるように閉めてしまった。

杉木の気配が去ると、後に残ったのは元通りピッチリと閉ざされた冷たい金属製の門だけだ。ルルのことを拒絶《きょぜつ》するように冷たく屹立《きつりつ》している。先程は呼び鈴を押すか否《いな》かの葛藤《かっとう》があったが、すでに彼との会話を終《お》えた今ではそれすらもない。

「あはは～」

どうしていいのか判らず、ルルは意味もなくヨーチに笑ってみせた。

「滝沢さん……」

ヨーチは心配そうな顔でルルの肩を抱いてくれる。彼のやさしさに甘え、感謝しつつ、ルルは杉木のことを想った。

自分は彼に信用されていない。そんなことは昨夜の段階で判っている。それでも、彼のために何かしたい。彼を安心させ喜ばせたい。そう願う。

「ヨーチくん、このへんに着替えのできる場所、ないかなぁ」

「着替えって……また、犬になるのかい？」

「うん☆　杉木くんは相手にしてくれなかったけど、杉木くんちの犬のおじいさんはいいひとだから」

本当は彼が自分に微笑《ほほえ》みかけてくれたら最高なのだが、この状況ではかなり無理っぽい。だから今は彼のためにできることをする。最終的に彼が喜んでくれさえすれば、それでいい。


洋治は生《い》け垣《がき》のそばでルルを待っている。ルルは生け垣の隙間《すきま》から庭に入っていった。

「遅いな」

少し前から屋敷《やしき》で飼《か》われている犬たちが騒いでいる。いったい何頭の犬がいるのか知らないが、一頭や二頭ではない。それがいっせいに吠えている。たぶん、ルルのせいだ。中の様子が判らないだけに不安がつのる。

心配なことがもう一つ。路上に一台の乗用車が止まっているのだが、その中に人影がある。その人物が洋治のほうを見ている。たぶん、あれは私服《しふく》の警察官だ。洋治の挙動《きょどう》を不審《ふしん》に思って監視しているに違いない。

「おい、おまえ、そこで何をしてるんだ」

急に背後から声をかけられた。振り向くと強面《こわもて》の中年男性が立っていた。いつの間に近づかれたのか、車のほうばかり気にしていたので気づかなかった。

「あなたは？」

こっちも私服警官に違いない、と当たりをつけつつ問い返す。もちろん、言い訳をひねり出すための時間稼ぎだ。

男は懐《ふところ》からバッジを出して見せた。予想どおりだ。

「おまえ、学生か。学校はどうした。名前は。どこに住んでる」

一度にいろいろ聞かれて、どれから答えたものか迷う。とりあえず、一番無難《ぶなん》な最後の質問に答えておく。

「家はこの近所です」

「名前は」

「谷田《やた》です。谷田洋治《ようち》」

「谷田？」

洋治をにらみつけていた男の強面が、少し揺らぐ。このあたりで谷田と言えば洋治の一族だ。地元では名家《めいか》だから、権威《けんい》を気にするタイプの人間は谷田の名を聞くと態度を変える。

「ここで何をしているんだね」

男の口調が少しやわらかくなった。家名を上げてくれた代々の祖先に感謝だ。

「犬の散歩です」

「犬なんかいないじゃないか」

「そこの生け垣からこのお屋敷の庭に入ってしまって困ってるんです。ほら、こちらのお宅の犬が騒いでいるでしょう。うちの犬のせいだと思うんですよね」

嘘《うそ》がすらすらと出てくる。嘘には一片《いっぺん》の真実を混ぜると本当らしく聞こえる、と何かで読んだ記憶があるが、そんなセオリーも無意識のうちにちゃんと押さえている。自分にその種の才能があるとは知らなかった。新たな発見だ。

生け垣からガサゴソと音を立て、犬の姿をしたルルが出てきた。

「コラッ。勝手によその家に入ったらダメじゃないかっ」

しかりつけると、ルルはぽやぁっと洋治の顔を見上げた。犬の表情はよく判らない。

いつものルルにいきなりこんなこと言ったら、プチ・パニックを起こすに決まっている。ということは、これが驚き戸惑う表情なのだろう。

「もう行ってもかまわないでしょうか。犬が戻ってきたので帰りたいのですが」

私服警官の男は少し迷っていたようだが、住所と電話番号を聞くとすぐに解放してくれた（住所と電話番号をたずねるとき、言い訳がましく「一応、念のために」と断っていた）。

洋治は男に背を向け、ルルに声をかけて歩きだした。なんとか無事に切り抜けられそうだ、と胸をなでおろす。

洋治の足元を歩くルルに小声で言った。

「さっきは脅かしてゴメン。あの人、僕のことを怪しんでたみたいなんだけど、本当の事情を話すわけにはいかなかったから」

ルルは「きゅう」と鳴いた。犬の姿をしている間は彼女の言いたいことを洋治が理解することはできない（ルルのほうは人間の言葉も理解できるらしい）。

とりあえず、ルルの服を置いてある場所に戻って、話はそれからだ。

「きみ、ちょっと待ちなさい」

もう少しで私服警官の視界から消えられる、というところで、もう一度彼に声をかけられてしまった。何か不審に思われるような言動があっただろうか。そんなはずはないのだが。

戸惑《とまど》いながら立ち止まって振り返ると、男は言った。

「犬を散歩させるときは、紐でつなぎなさい。放《はな》し飼《が》いは法律違反だよ」

男の用はそれだけだった。


クシュン。

とルルがくしゃみをした。

「滝沢さん、寒い？」

「だ、だいじょぶ！　だから、こっち見ないでねっ」

雑木林《ぞうきばやし》の奥の立ち木が密集した場所でルルが「着替え」をしている。洋治は彼女に背を向けて立ち、人が近づいてこないかどうか見張っている。

実はここは洋治の家の敷地《しきち》の中なので、めったに人が来ないことは判っているのだが、万が一ということもある。

「ごめんね。僕の部屋を使ってもらえると良かったんだけど」

犬から人間の姿に変形したばかりのルルは全裸《ぜんら》のはずだ。洋治のすぐ背後で大好きな女の子が裸《はだか》になっている。服を着るときのかすかな衣擦《きぬず》れだって聞こえてくる。

どうしても意識せずにはいられないが、なんとか、なけなしの理性を振りしぼって平静《へいせい》を保っている。

「仕方ないよ～。おうちの人に説明できないもん」

嘘つきアビリティを獲得した洋治にも、さすがによその犬を部屋に上げる理由は思いつかなかった。その上、犬が入ったはずの部屋から女の子が出てきたりしたら、もう言い訳のしようがない。

「それで、何か判ったのかい？」

「うん。コリーのおじいさんに聞いたんだけど、昨日の夜から人の出入りがあわただしいんだって」

「それはそうだろうな。もう警察にも連絡済みみたいだし」

「あとねー、たくさんのおカネの匂いがしたって言ってた。すっごくたくさんのお札の匂いだったって」

「そんなこと、匂いで判るもの？」

「さあ、どーだろ。わたしはすっごくたくさんのお札の匂いなんて、嗅いだことないから判んないけど」

「そのおじいさん（？）には判ったわけか」

杉木の家には大量の現金が持ち込まれることがあるらしい。

洋治は杉木の父親が大物政治家であることを思いだし、賄賂《わいろ》を受け取る悪徳政治家を連想してしまった。もちろん、杉木の父の場合は合法的《ごうほうてき》な政治資金だろうが。

背中をポンと叩かれた。

「着替え、終わったよ～」

目を向けるとちゃんと服を着たルルの姿があった。それを残念に感じてしまう自分がいやだ。申し訳ないので、真面目《まじめ》に事件のことを考えることにする。

「誘拐＋大金ってことになると、十中八九《じっちゅうはっく》、身代金《みのしろきん》だね。今日中にも受け渡しがあるはずだよ」

「そ、そっか！　じゃ、それについていけば、犯人に会えるねっ」

「いや、それは無理……でもないか。犬の姿なら、なんとかなるかもしれない」

それに、危険も少なくなるはずだ。犯人がルルに気づいても、犬なら見逃してくれるだろう。

「そうそう。それでロロくんを問い詰めてやらないと」

「え、ロロ君？」

ルルは事件にロロが関与していると確信してしまったらしい。

「その話、本当なのかな。彼が悪いことをするとは思えないんだけど」

「だって～、杉木くんがそう言ってたもん」

洋治はロロに同情した。杉木への対抗心も手伝って、洋治は完全にロロの味方だ。

「……ああ、そうか。だから、そんなに熱心なんだね」

ロロが悪いことをしていると信じ込んでいるから、みずから事件に関わろうとしているのだ……と洋治は理解した。

「別に、ロロくんのことがなくても、同じこととしてたと思うけど？」

「え、そうなのかい」

洋治が意外に思ったことが、ルルには意外だったらしい。不思議《ふしぎ》そうな顔で洋治を見上げている。

「杉木君にはかなりきついことも言われたのに。滝沢さんは気にしてないの」

「それは、やっぱりきついよー。大好きな人にあんな顔でにらまれたんだもん。でも、わたしが頑張って事件が解決すれば、杉木くんも笑ってくれると思うんだ。わたしは杉木くんの喜ぶ顔を見たいの～☆」

そう言うと、ルルは満面の笑顔になった。

すべてが解決して杉木が喜んでいる場面を想像しているのかもしれない。そして、たぶん、彼女の想像の中の杉木は、今の彼女自身とそっくりの笑顔なのだ。

「そうか」

ルルの動機に洋治は共感した。自分だって、ルルをこんな笑顔にさせるためなら、なんでもするだろう。いや、「だろう」ではない。すでにやっている。

ルルの笑顔のため——そう考えると、杉木へのわだかまりも気にならなくなる。彼女を喜ばせるために、事件解決に協力するのだ。洋治は心に決めた。

見れば見るほど醜悪《しゅうあく》で不快《ふかい》な場所だった。犬が生きる環境としては、劣悪《れつあく》なこと、この上ない。

「これだから人間てヤツは！」

ロロは牙を剥き出しにして怒った。

「貴公《きこう》とて半ばは人であろう」

と言ったのは、隣の檻に押し込められているスコティッシュ・ディアハウンドだ。

「したり顔で己が同族を罵《ののし》るとは、笑止《しょうし》」

「俺は犬も人間も平等に嫌いだ。気に入らねえやつは足の数に関係なく気に入らねえ」

「先程は人が人であるが故《ゆえ》に罵っているように聞こえたが」

「人間のほうが手先が器用な分、ろくでもないことができやがる。この犬舎《けんしゃ》を作った連中みたいにな」

ロロのうなり声を耳にした近くの檻の犬たちが、口々に言った。

「たしかにここは最低よぉ。わたしら犬をなんだと思ってんのかね」

「僕が犬らしく暮らせたのは、生まれてからここに連れて来られるまでの三ヶ月間だけだな」

「あたい、ここで生まれたから、ここしか知らない……他の場所は違うの?」

若いロングコートのチワワがそう言うと、一瞬、犬舎が静まり返った。

「犬らしい暮らしってどんなの? ごはんや交尾《こうび》以外に楽しいこともある?」

彼女の問いかけに言葉を返す者はいない。

いや、一匹だけ。

「外を知りてえか」

とロロが問い返した。

「うん。知りたい。知りたいよ!」

「だったら、俺が連れ出してやる。俺はそこの人間の女の子を助けて逃げる。そのときに、おまえも連れ出してやるぜ」

すると、他の犬たちも口々に「俺も」「わたしも」と吠え立てた。

「ああ、判った判った。めんどくせーけど、しょうがねえ。みんなまとめて逃がしてやるよ」

歓声が上がった。ほとんどの犬は興奮している。彼らにとって、ロロは暗雲《あんうん》におおわれた生活に突如《とつじょ》として差したひとすじの陽光《ようこう》なのだ。

「や、やべえ。責任重大だぜ」

ロロは気持ちを引き締めた。

隣のディアハウンドが言った。
〔貴公が人の姿にならぬのは、人を憎むが故か〕
〔あん？　別に憎んじゃいねえぞ。犬でいるほうが気楽で好きだけどよ、人間もそれなりにイケてるぜ〕
〔ならば、なぜ、人にならぬ。人の姿であれば、その檻もたやすく開けられように〕
〔人間の見てる前じゃ、変形するわけにいかねえんだよ〕
〔あの子なら先程から寝息を立てているようだが〕
チェリの檻を見た。彼女は檻の端に横たわり、ロロのほうに体を向けて寝入っている。
〔ま、当然だよな〕
昨夜はあまり眠れなかったのだ。泣いたり震《ふる》えたりはしていなかったが、やはり不安と緊張《きんちょう》は感じていたに違いない。
明け方には少し眠ったが、そのときのチェリは鉄格子の間から手を伸ばし、ずっとロロの長い体毛を握っていた。その手をどかしたら目を覚ましてしまうような気がして、チェリが寝ている間中、ロロは動くことができなかった。
今、チェリは独り静かに眠っている。
〔おし。今のうちにやっちまうか〕
ロロは座り直し、呼吸を整えた。
〔お兄さん、何すんの〕

チワワの問いかけに、聞かれたロロではなくディアハウンドが答えた。
〔黙って見ておれ。滅多《めった》に拝《おが》めぬ光景だ〕
ロロは人の姿になった。

ルルは男を尾行《びこう》している。人間の姿のままだ。ヨーチもいっしょにいる。

「滝沢さん、やっぱり犬になったほうがいいよ」

「だって『着替え』をできる場所がないんだもん」

ルルとヨーチは杉木邸の近くに潜んで動きがあるのを待っていた。刑事ドラマなんかで言うところの「張り込み」だ。日が沈んですぐ、大きなバッグを持った男が屋敷から出てきた。

当初の予定ではルルは犬になって尾行するつもりだったのだが、あいにく近場に「着替え」に適した場所がなかった。たとえ人通りがなくとも、見通しの良い往来で裸になりたくはない。

「服を着たまま犬になったら？　それであとから服を脱げばいいんだよ。そのやり方なら時間もかからないから、ちょっとした物陰《ものかげ》でパパパッと変形できると思うけど」

「それね～、けっこう大変なんだよ～。犬の姿になってから服脱ぐのって」

前方を歩く男に気づかれると困るので、ルルとヨーチは小声で話している。よく聞こえるように、と耳を近づけるので、自然と顔と顔が近くなる。

「僕が服を脱がしてあげるよ」

！

耳の近くでそんな台詞《せりふ》を囁《ささや》かないでほしい。一瞬で顔が熱くなる。

「えええ、えっち！」

「犬の姿になったときの話だよ。犬のときはいつも裸だよね。だったら、別にかまわないと思うけど」

「う？　そ、そうかな」

ちょっと想像してみる。

ヨーチがルル（犬バージョン）の体にまとわりつく服を一枚ずつ剝《は》ぎとってゆく。ボタンをはずし、ホックをはずし、ファスナーをおろし、最後に残った下着に手をかけて
……

「やっぱりダメッ」

「どうして？」

ヨーチは不思議そうな顔をしている。どうしてルルがいやがるのか、理解できずに困っているらしい。

「まあ、滝沢さんがいやなら無理強《むりじ》いはしないけど」

犬の姿のときだって、恥ずかしいものは恥ずかしいのだ。自分から裸になるのはかま

わないが、ヨーチに服を脱がされるのは困る。

「あれ？」

とヨーチがつぶやいた。

「あそこにいるのは杉木君じゃないかな」

今いるのは大きめの公園の散歩道だ。道の両脇に椿《つばき》が植えられているのだが、その椿の灌木《かんぼく》の向こう側を歩く人影があるのだ。本来、そこは立入禁止の花壇《かだん》であって道ではない。そんなところを歩いているなんて、怪しさ大爆発だ。

「ホントだ〜。今まで気づかなかったけど、杉木くんだよ。何してるのかなぁ」

ルルとヨーチはバッグを持った男のおよそ三十メートルほど後ろを歩いている。杉木の位置は男の後ろ五メートルくらいのところだ。

「何してるって……それはもちろん、僕らと同じことだと思うよ」

「そっか。杉木くんも現場までついてくつもりなんだね〜。あ、それなら、いっしょに行動したほうが良くない？　声かけてみようよっ」

杉木が自分と同じことを考えていたと思うと、なんだか通じ合ってるような気がして嬉しくなってくる。口から出てくる言葉も、自然と弾《はず》んだものになる。

「かまわないけど、慎重にね。バッグの人に気づかれるとまずいから」

ヨーチに静かな口調でたしなめられてしまった。浮かれていると思われたのかもしれない。

いやーーん
ぶんっ
?
ぶんっ

（実際、浮かれてたかも……）

反省して気持ちを引き締める。これは遊びではないのだ。

あらためて杉木のことを見る。バッグの男に近すぎて声をかけづらい。もっと離れてくれていると楽だったのだが。

なんとかバッグの男に気づかれずに声をかける方法がないものか、と観察していると、杉木の近くに別の人影があることに気がついた。

「ねえ、ヨーチくん……」

「うん。誰かいる」

杉木の連れだろうか。家族か友人がいっしょに来た可能性はある。だが、位置取りがそれっぽくない。杉木の背後からこっそり近づいているように見える。

いきなり、その人物が動いた。唐突に杉木の背中に向かって飛びついたのだ。

「うそ!?」

それだけではない。あとふたり、新たな人物が物陰から飛び出てきて、杉木に襲《おそ》いかかった。

「――――」

「――――」

杉木と男たちがもみ合っている。何事か怒鳴り合っているようだが、はっきりとは聞き取れない。

すぐに杉木は引き倒され、動きを封じられた。杉木は背が高いが、襲いかかった三人もけっこう体格がいい。三人がかりで押さえつけられては、抵抗もかなわなかったようだ。

「助けなくちゃっ」

走りだそうとしたら、ヨーチに腕をつかまれた。

「滝沢さん、殴り合いの喧嘩《けんか》なんか、したことないよね」

ヨーチはルルのことを気づかってくれている。それは判っているが、「助けなくちゃっ」とあせる気持ちのせいで、ついついヨーチに反発してしまう。

「わたしだって、犬になれば少しはやれるもん。牙や爪《つめ》だってあるんだから」

と自分で言いながら気がついた。

（そうだ。犬になればいいんだっ）

あわてて周囲を見回す。

（どこか着替えるところ、どこか着替えるところ）

ふと、何かの気配を感じた。椿の灌木が揺れる。大きなかたまりが飛び出してきた。人間だ。ルルたちのほうへ向かってくる。

「下がって！」

ヨーチが前に出てルルをかばってくれた。が、次の瞬間、背後から何者かに抱きすくめられた。

「ええっ!?」

目の前ではヨーチが灌木から飛び出してきた男と組み合って、押し合いへし合いしている。ルルは抱きすくめられて身動きが取れない。

「ヨーチくん！」

「滝沢さ……うわっ」

ヨーチの注意が正面の敵からそれた瞬間、彼は投げ飛ばされた。

「くっ……つっ……」

そのまま腕をひねられ、ヨーチは苦痛に顔を歪めた。もはや抵抗はできないようだ。

ルルとヨーチも捕まってしまった。

〔え？　え？　え？　人間!?〕
若いチワワが混乱している。
〔えと、犬だったのに……光って……え？　どゆこと？〕
〔娘よ、外の世はかくの如く広いものなのだ〕
ディアハウンドの言葉にロロは吹き出した。
「そりゃ、大きく括《くく》りすぎだっつーの」
人の姿になったロロが発するのは人の言葉だ。犬たちのほうは人語を正確に理解することはできないから、細かい意味までは伝わらない。たぶん、ロロが楽しそうだ、ということくらいしか判るまい。

ロロは檻の中で姿勢を変えた。大型犬用の檻だが、人間が直立できるほどの高さはないので、かなり窮屈《きゅうくつ》に感じられる。

檻の出入り口は掛け金で閉められている。鉄格子の間から手を出して掛け金をはずすと、出入り口は問題なく開いた。

犬たちがどよめく。犬の姿では不可能に近いことが、人間の姿だとあっけない。ロロは犬たちが注目する中、檻からはいだした。

久しぶりに二本脚で直立する。今は全裸だ。なんとなく居心地が悪い。さっさとやるべきことを済ませよう、と思う。

チェリの檻の前に立ち、掛け金に手をかけた。

「クソッ」

掛け金には南京錠《なんきんじょう》がかけられていた。すべての檻の中で、チェリの檻だけに南京錠がついている。

考えてみれば当然だ。掛け金だけなら、チェリにだって開けられる。ロロの檻に南京錠がなかったのは、ロロが犬だったからだ。

周囲を見回した。鍵らしき物は見当たらない。ロロは南京錠を握って、でたらめに揺すぶった。そんなことをしても意味がないのは判っているが、そうせずにはいられないのだ。
「クソッたれが！」
ロロの剣幕《けんまく》に犬たちが怯《おび》えた声を出す。
〔どうしたのだ、若者よ。何を怒っている。もしや、そちらの檻は開かぬのか〕
「ああ、その通りだよっ」
〔何を言っているのか判らん。貴公、言葉は話せんのか〕
ふと思いついて、
「グッボーイ」
と言ってみた。彼がここへ来る前に、スタンダードなしつけを受けていれば通じるはずだ。
〔む？　やはり開かぬのか〕
「グッボーイ」
〔そうか〕
どうやら通じているようだ。
〔他の檻はどうなのだ。まさか、開くのは貴公の檻だけか〕
「いや、それは大丈夫だ」
〔む？〕
ロロはディアハウンドの檻を開けてやった。若いチワワがつぶらな瞳《ひとみ》でその様子を注《ちゅう》視《し》している。そちらの檻も開けてやる。ディアハウンドは堂々と、チワワは恐る恐る、檻から出てきた。

　それを見ていた他の犬たちがいっせいに騒ぎだした。〔こっちも開けて〕〔俺も逃げたい〕と吠えたてる。

「判った判った。すぐに開けてやる。静かにしてろ」

　ロロは檻を片っ端から開けて回った。檻の扉が開くと、犬たちは次々に飛び出してくる。中には体調が悪くて動けない者もいるが、そうでない者はことごとく檻から出た。

〔ううむ。どうやら本当に人間の娘の檻だけが開かぬらしいな〕

　ディアハウンドがロロの足元によってきた。

〔若者よ、貴公の目当てはこの娘のはず。どうするのだ〕

　もちろん、鍵を探すつもりだ。が、それを彼に伝えることができない。

「あっ、ロロくんがいる」

　彼の名を呼ぶ声が聞こえた。人間の女の子の声——チェリが目覚めたのだ。犬たちが騒いだせいだろう。チェリは鉄格子につかまって、ロロのほうを見ている。

「なんで裸なの」

「まず、そこかよっ。他に言うことねえのか」

「だって、変だよ？」

「うるせえ。こっちにも、いろいろ都合があるんだ」

「おまえを助けに来たに決まってんだろうがっ」

「うん。そうだと思ってた」

チェリは微笑《ほほえ》んだ。明るい笑顔だった。さっきまでは見られなかった表情だ。そう言えば、声にも急に張りが出てきた。無駄口《むだぐち》が多いのは、気分が上向きになった表れかもしれない。やはり、ロロの姿を目にして安心したのだ。

「いや、でもな」

すぐには檻から出してやれない。彼女の期待に応えてやれない。自分の無能さにムカつく。拳を強く握り、爪をてのひらに食い込ませながら、言う。

「悪い。まだ鍵が見つからねえんだ。もうしばらく、そこで待っててくれ」

「うん。待ってる」

とチェリは明るくうなずいた。

ロロは犬舎の出入り口に向かった。扉に鍵はかかっていない。すぐに外へ出た。隣の事務所の建物に灯《あかり》はついていない。

チッ。

と舌打ちした。闇雲に探して小さな鍵を見つけることができるだろうか。こういう事務所のようなところには、似たような鍵がいくつもあるかもしれない。鍵に大きな札がついていて、

誘拐した幼女を監禁してある檻の鍵

などと書いてあればすぐに見分けられるだろうが、それはあり得ない。しかも、鍵は犯人が持ち歩いている可能性も十二分にあり得る。

まあ、それ以前に、事務所の入り口の鍵をどうにかしなければ、中には入れないのだが。

〔あの、お兄さん、これからどうするの？　どっちへ行くの？〕

足元に若いチワワがいた。ずっとついてきていたらしい。気がつけば、ロロの周囲に犬たちが集まっている。みな、何かを期待してロロに注目している。

「おい、チビ、どうした。他のやつらも。おまえらは、もう自由なんだぞ。さっさと逃げろよ」

と言っても通じない。

ディアハウンドが言った。

〔この者たちは貴公にリーダーたることを期待しているのだ。みな貴公の指示を待っている〕

「げ。マジかよ!?　たりー」

本当に心の底から面倒だと感じた。が、だからと言って投げ出すわけにもいかない。

自分で始めたことなのだから。

　数秒考えて、ロロは犬舎に戻った。

「おい、チェリ」

「ちぇりだよっ」

　抗議を無視して続ける。

「少し時間がかかりそうなんだ。俺はいったんいなくなる。また独りにさせちまうが、大丈夫か」

　一瞬、チェリの顔がくもった。が、ほんの一瞬だけ。すぐにやわらかな微笑になる。

「うん。平気。おとなしく待ってる」

　やさしい笑顔と健気《けなげ》な言葉に、ロロは胸がえぐられるような気がした。

「すまねえっ。なるべく早く戻る」

　足早に犬舎をあとにする。

　外に出てすぐ、犬の姿になった。人間に変わったときもそうだったが、犬たちが大きくどよめいた。

〔いいか、おまえら〕

　ロロは犬たちに呼びかけた。

〔今から別の場所まで案内する。街ん中で群れてると人間が警戒《けいかい》する。見つかると厄介《やっかい》だから、全力で一気に駆け抜ける。いいな〕

ディアハウンドが寄ってきた。
〔人間の娘はどうするのだ〕
〔そいつは後回しだ。こいつらを片づけて、すぐに戻ってくる〕
〔それで良いのか〕
〔あの子を助けるには、犯人の連中がいたほうが都合《つごう》がいいが、今は留守だ。逆に、こいつらを逃がすなら、やつらのいない今がチャンスだ〕
〔………〕
ディアハウンドは黙ってロロを見つめた。
〔な、なんだよ〕
〔貴公には王者《おうじゃ》の資質《ししつ》がある〕
〔あ？　なに言ってんだ〕
〔犬に生まれた者にとって、良き主君《しゅくん》に巡り逢《あ》うことこそ、至上《しじょう》の幸せ。わたしは今、それを見つけた〕
〔なんの話だよ〕
〔貴公こそ、我が理想。わたしは貴公を我が主君と定めた〕
〔ちょっと待て。勝手に定めんな〕
〔貴公に生涯《しょうがい》の忠誠《ちゅうせい》を誓《ちか》う〕
〔誓うな。つーか、うちにはこれ以上、犬を飼う余裕はねえぞ〕

〔主君に迷惑はかけない〕
〔いや、でもな……〕
〔ところで、我が主《あるじ》、もうずいぶん無駄な時間を費やしている。急いだほうが良いのではないか〕
〔おまえが訳判んねーこと言い出すからだろうが。てか、「我が主」とか呼ぶな〕
ロロは他の犬たちに呼びかけた。
〔よーし、もう出発するぞ。用意はいいか〕
〔我が主、お許しいただければ、わたしはここに残りたいと思うのだが〕
出端《でばな》をくじかれて、イラッとくる。
〔なんでだ!? 逃げたくねえのかっ〕
〔あの娘を守る〕
〔え、そりゃ……〕
確かにこのままチェリを置いて行くのは不安がある。彼が残ってくれれば心強い。だが。
〔いいのかよ〕
〔我が主にとって大切なお方なら、わたしにとってはそれ以上に大切なお方〕
〔その「我が主」っての、やめろ〕
〔それに、ここには病気や怪我《けが》のせいで逃げたくても逃げられない者も大勢いる。彼ら

も大切な仲間。置いて逃げるは忍びない〕
〔…………〕
ロロは黙って彼を見つめた。
〔我が主？〕
〔あんたのほうが、俺なんかより、ずっと立派に見えるけどな〕
〔いや、それは……〕
いきなり、彼に背を向け、歩きだす。
〔あの子のことは頼んだぜ〕
〔……心得《こころえ》た〕
ロロは他の犬たちに向けて、高らかに吠えた。
〔行くぜ、おまえら。俺について来い！〕
尊敬できる野郎に出会えた。そいつがロロを主と呼ぶ。体が熱い。気分が高揚《こうよう》している。
ロロは走りだした。全力で。

怒られた。

「なんて危ないことをするんだ！」

ここは警察の車両の中。怒鳴っているのは昼間ヨーチに職務質問した刑事。怒られているのはルルとヨーチ、杉木の三人。

「君たちが余計なことをするから、我々の捜査《そうさ》は混乱してしまった。このせいで犯人を取り逃がすようなことになったら、智李ちゃんの命だって危なくなるんだぞ！」

身代金運搬《うんぱん》係を陰でサポートする刑事たちの目には、ルルたちのことが「怪しい人物」に見えたらしい。おかげで犯人の一味と間違われて逮捕《たいほ》されてしまったのだ。

「申し訳ありません」

とヨーチが頭を下げた。杉木は強張《こわば》った顔つきでそっぽを向いている。ルルは何を言うべきか判らずにオロオロしている。如才《じょさい》ない対応ができるのはヨーチだけだ。

「杉木君は妹さんのことが心配でじっとしてられなかったんです。僕らも友達として黙って見ていられなくて。それに、僕らの行動が捜査の邪魔になるなんて、思いつかなかったんです。本当にすみません」

「まあ、気持ちは判るが」

なぜかこの強面の刑事さんはヨーチに甘い。

（もしかして、ラブ？）

なんて不謹慎《ふきんしん》なことをルルが思いついたことは、当人たちにはないしょだ。

「君たち自身が危険にさらされる可能性だってあったんだ。ここは我々警察を信頼して、おとなしく帰りなさい」

ヨーチはていねいに詫び、ルルはひたすら頭を下げ、杉木はボソボソと謝って、三人は解放された。


「おまえたち、なんのつもりだ？」

杉木が不愉快《ふゆかい》そうに聞いてきた。

「あ、あの、わたしも協力したくて。……ごめん」

「彼に謝ることはないよ」

と言うヨーチに、杉木が鋭《するど》い目を向けた。

「どういう意味だ」

「この場合、滝沢さんが君に謝るのは筋違いだと言ってるんだ。そうだろう？」

ヨーチが珍しくきつめの表情をして、杉木のことを見ている。杉木のほうが長身だが、ヨーチに臆《おく》する気配はない。

(あわわっ。け、喧嘩《けんか》？　喧嘩なの!?)

ふたりを取りなさなければ、と思うルルだが、何をどうしたものやら判らずにオロオロするばかりだ。

「君たち、喧嘩はやめなさい」

警察から解放されたルルたちだが、監視はしっかり付いている。ひとりの若い刑事だ。

彼の言葉にヨーチは杉木から目をそらし、杉木は舌打ちしてそっぽを向いた。喧嘩を止めてくれた刑事に、ルルは心の中で感謝した。

彼らは杉木の家に向かって歩いている。その後、ヨーチの家を経由《けいゆ》してルルの家に向かう予定だ。

(なんとかこの人をまけないかな。そうすれば、もう一度戻ってきて……)

いましがた感謝したばかりだが、それはそれとして、監視されるのはうっとうしい。

背中にヨーチの手が触れた。彼のほうを見ると、苦笑してほんのかすかに首を振った。ルルの考えていることはお見通しらしい。目の前に監視役の刑事がいなかったら、きっとヨーチはこう言っていたはずだ。

「無茶はやめたほうがいい」

ルルは彼の声を耳の中でリアルに合成することができた。

そのとき、風が変わった。バーチャル・ヨーチの声が響いていた耳に、地鳴《じな》りのようなものが聞こえてきた。

「何か騒がしいな」

と若い刑事が言った。音源を求めてきょろきょろしている。

騒がしい気配はどんどん大きくなる。道の彼方から何かが近づいてくるが、暗いので
はっきりとは見えない。

「あれはなんだろう」

ヨーチは首をかしげている。

「犬だ」

と杉木が言った。ルルもすでに気づいている。犬が近づいてくるのだ。

「え、犬？　でも、そんな感じじゃあ……」

「大群《たいぐん》だ」

彼らが言葉を交わしている間にも、犬たちは近づいてくる。すごい勢いだ。全力疾走
らしい。

「うあ。一●一匹わんちゃん大行進」

先頭を走る犬に見覚えがあった。

「ロロくん!?」

「おう、ルル」

ロロが立ち止まった。が、他の犬たちは急には止まれない。犬のスタンピードはルル

たちを飲み込んだ。

若い刑事は完全にパニクっている。

「あわわわわわ⁉」

犬たちをよけようとして、かえってじゃれつかれ、ますますひどいパニックになっている。

やがて、先頭のロロが止まったことに気づいた他の犬たちも足を止めた。ルルたちを犬の集団が囲む形になる。

〔おまえ、こんなとこで何やってんだ〕

「ロロくん、それはこっちの台詞《せりふ》だよっ」

ルルはロロ犬をがっちりとつかまえた。

「どうして、あんなことしたの。小さな女の子を誘拐するなんて……そんなの、ロロくんらしくないよ！」

〔ちょっと待てえっ！　なんで俺が誘拐したことになってんだよ〕

「だって、杉木くんがそう言ってたもん」

本当は彼がどう言っていたか、正確には覚えていないのだが、だいたいそんな感じの意味だったように記憶している。

〔ふざけんな。俺はあのチビを助けようとしてんだぞ！〕

「嘘つかないで。正直に言ってよ。わたしもいっしょに謝ってあげるから。ね？」

わあ　あああ

〔咬《か》み殺すぞ、コラッ〕

ロロが牙を剥き出しにしてうなった。

「滝沢さん」

ヨーチが声をかけてきた。

「ちょっと待って。今、取り込み中だから」

「滝沢さん、ダメだよ」

「待ってってば。あとで聞くから。わたしはロロくんと話があるのっ」

「だから、それはダメなんだよ」

ヨーチに肩をつかまれ、強引に向きを変えさせられた。

「あ、杉木くん」

それに刑事もいる。突然ロロに出会えた驚きで、うっかり彼らの存在を忘れていた。

杉木は不思議そうな顔でルルのことを見ている。

「この犬の群《むれ》はなんなんだ」

「あ、それは、えと……さあ？」

そんなこと、ルルだって知らない。

〔お兄さん？〕

ロングコートのチワワがロロのところに寄ってきた。たぶん女の子だ。怪訝《けげん》そうな顔を向けている。

〔よし。ここからはおまえが先頭で走れ〕
〔え、無理だよっ〕
〔大丈夫。ここまで来れば、あとは道なりだ。このまま進めば河川敷《かせんじき》に出る。そこの草むらまで一気に走り抜け〕
〔お兄さんは?〕
〔俺は犬舎に戻る〕
　声を大きくして、他の犬たちに言った。
〔河川敷に着いたら、あとは自由だ。群《む》れたいやつはそこに居ろ。独《ひと》りになりたいやつは勝手に離れていい〕
　どういう事情か知らないが、この犬の群れはロロに従っているらしい。
　ロロはチワワに〔行け〕と命じた。
〔お兄さん、気をつけてね〕
〔俺のことは心配するな。おまえはおまえで頑張れ〕
〔うん!〕
　チワワが吠えた。
〔わたしが道案内するから、みんなついてきて〕
　犬たちは走りだした。
「おわっ、とっ」

若い刑事は犬をよけようとして、かえって流れに巻き込まれている。

「うわっ。ちょっと待って……誰か……たすけ……ううううう～わぁぁぁぁぁ～」

刑事は犬に押し流されていった。


犬たちは去った。残ったのはロロだけだ。

(このマヌケは本気で俺が誘拐犯だと信じ込んでやがるな)

ロロはイラだたしい気分でルルを見上げた。委員長はまだしも、あの野郎といっしょにいるのが余計にムカつく。だいたい、なんで兄弟の自分よりアイツのほうを信用するのか。

いろいろ文句を言ってやりたいが、他の人間のいる前ではまずい。ルルのマヌケには、他人の目をごまかしながらロロとやり取りするなんて器用な芸当《げいとう》はできるはずがない。

委員長がロロのほうにかがみこんできた。

(なんだ?)

と不審に思っていると、彼は小声で話しかけてきた。

「滝沢君、人目のないところへ行こう」

一瞬、肝腎《かんじん》のところを聞き逃してしまいそうになった。彼は「滝沢君」と言った。ロロは犬の姿をしているというのに。

〔おまえ、俺が誰だか判るのか⁉〕

「僕には君の言っていることは判らない。だから、人目のないところで人間になって話をしたいんだ」

「その犬はなんだ」

アイツが委員長に聞いてきた。さっきはルルが堂々と話しかけ、今は委員長が小声でこそこそやっている。おかげで不審に思われたようだ。

「知り合いのペットなんだ。ちょっと送ってくる」

ルルがそれを追おうとする。

「送るって、どこへ」

「大丈夫。すぐに戻るから。僕に任せて、ここで待ってて」

「う、うん……」

不安そうなルルを残して、委員長は茂《しげ》みのほうへ歩きだした。

なんで彼がこっちの事情を知っているのか、気になる。彼の仕切《しき》りに従うのは癪《しゃく》だったが、ロロはおとなしくついて行くことにした。

「ジロジロ見んな」

とロロに言われて、洋治は気がついた。彼はすでに完全に人間の姿になっている。

「おまえは男の裸に興味があるのか」

「べ、別に裸には興味なんて……」

洋治は目をそらしながら口ごもった。犬から人への変形を目にするのはこれが二度目だが、やはりまだ物珍しくて、ついつい凝視してしまっただけだ。

「それで、なんでおまえが知ってやがる」

「ルルさんが変形するところを見てしまったんだ」

洋治はその前後の事情を手短に説明した。

「じゃあ、誰かにバラすつもりはないんだな」

「ああ。信用してくれていい」

「それならいい。この話は終わりだ」

「こっちからも質問させてくれないか」

「俺は忙しい」

彼は話を打ち切ろうとしている。洋治は急いで言葉を継いだ。

「誘拐のことだよ。まさかルルさんが言うように君が犯人の一味だとは思わないけど、関わってはいるんだろう？　僕らは誘拐された杉木君の妹を助けたいんだ。知ってることを教えてくれないか」

「おまえらには関係ないだろ」

「君には関係あるのかい」

「そりゃ……あのチビは、その……知り合いなんだよっ。だから、ほっとくわけにはいかねーんだ」

そう言ったロロの口調はどことなく照れているように感じられた。

「だったら、ルルさんの気持ちも判るだろう。彼女は君のことを放ってはおけないんだ」

「あのアホには誤解《ごかい》だと言っといてくれ。俺が犯人じゃないと判れば、ルルも納得して帰るだろ」

「そんなことはないんじゃないかな。君が事件に関わっている限り、彼女も関わり続けると思うよ」

ロロは小さく「クソッ」とつぶやいた。彼もルルの兄弟だ。彼女のことはよく知っている。洋治の予測する展開をリアルに想像できてしまったのだろう。

「僕らも手伝うよ。何をするつもりなのか言ってくれ」

ロロはもう一度「クソッ」とつぶやいた。


ヨーチが戻ってきた。

「あ、来た来た。遅い～」

ルルは口をとがらせた。

「あれ、滝沢さんひとり？　杉木君はどうしたの」

「帰った〜。ここにいても妹さんを助ける役に立たないからって。わたしもいっしょに行きたかったんだけど、怒鳴られちゃった。『来るな』だってさ」

実は、怒鳴られてすぐ、泣いてしまった。それを洋治に悟られないように、明るく軽く笑って見せる。

「滝沢さん……」

笑顔でごまかしたはずなのに、なぜかヨーチはつらそうな顔をしている。この話は引っ張りたくない。ルルは急いで話題を変えた。

「そう言えば、ロロくんは？　まさか、逃がしちゃったの？」

「隠れてもらってるだけだよ。でも、杉木君がいないなら、合流したほうがやりやすいな」

ヨーチは茂《しげ》みのほうへ向かってロロの名を呼んだ。すると、茂みを揺らしてロロ犬が出てきた。

「あ、いた。さあ、いっしょにおまわりさんのところへ行くよ」

〔そいつに伝えろ〕

ロロがヨーチのことを鼻で示す。

〔説明は任せるってな〕

「何それ」

〔いいから、伝えろよ〕

ルルは言われたとおりヨーチに伝えた。

「ずるいなぁ」

とヨーチは苦笑する。

「あのね、滝沢さん、ロロ君は犯人じゃないんだよ。むしろ、さらわれた女の子を助けようとしているんだ」

「でも、杉木くんが誤解《ごかい》……」

「だからね、それは誤解なんだよ。智李ちゃんがさらわれたとき、ロロ君も現場にいたから、犯人の仲間に間違われたんだ」

「そう……なの？」

急に、事実だと信じてたことと正反対のことを言われても戸惑《とまど》ってしまう。

「杉木君の言うことは信じられても、僕の言葉は信じられないのかな」

ヨーチがさみしそうに微笑んだ。このままでは彼を傷つけてしまう。ルルは大あわてで首を振った。

「え、そんなっ。そんなことないない。信じる信じるっ。ヨーチくんが言うなら、きっと本当なんだよね」

「ありがとう」

ヨーチが微笑んだ。今度は嬉しそうに。

脳裏に映像が浮かんだ。ルルが野球の審判《しんぱん》の格好《かっこう》をして「セーフ！」と叫んでいる。

「それで、彼はこれから智李ちゃんを助けに行くって言うんだ」

それは聞き捨てならない。

「わたしもー！　わたしも行くー！」

「そう言うと思った。でも、智李ちゃんを助けるためには、いくつか障害《しょうがい》があって……」

ロロがうなった。

〔まだかよ〕

「なんか、ロロくんがイライラしてるみたい」

と、犬語の判らないヨーチのために通訳してあげる。

「その剝き出しの牙を見れば判るよ。それに、彼がイラつくのももっともだ。歩きながら話そう。時間がもったいない」

「どこへ行くの。うち？　警察？」

「犯人のアジトだよ」

なんでそんな場所を知っているんだろう、と疑問に思ったけれど、ヨーチのことだから、それもちゃんと道々《みちみち》話してくれるに違いない。ルルは足を踏み出しながら、ヨーチの言葉に耳をかたむけた。

ルルは泣きたい気分でロロをにらみつけた。

「ひどいよぅおぅ。そのトレーナー、気に入ってたのに〜」

「うるせーな。服くらいでグチグチ言うな」

ロロが人間の姿になっている。ほとんど裸同然で、身につけているのは腰に巻いた布だけなのだが、実はこの布、ルルが着ていたトレーナーを破いて帯状《おびじょう》にした物なのだ。

「だってぇ。まだ二回しか着てないんだよ？」

「あー、判った判った。あとで同じのを買ってやる。それでいいだろ」

なんですと？

「やった。でも、それなら、同じのじゃなくて、別のがいいな。こないだ、パルコでカワイイの見つけたんだ〜」

「好きにしろ」

ロロはおざなりな調子でうなずいた。適当なことを言ってやり過ごすつもりなのだろうが、そうはいかない。

「ホントだよ？　約束だよ？」

「ああ」

言質《げんち》は取った。あとで絶対に買わせてやる。

「ここが目的地かな」

というヨーチの冷静な声が聞こえた。ロロと言い合っている間に犬の繁殖場らしき場所に着いていた。

「犯人の人、いる？」

ちょっと怖い。

「いや。今はいないみたいだね」

とヨーチが言った。事務所の建物には灯《あかり》がついていない。

「我々が踏むべき手順は……」

ヨーチは指を折ってやるべきことを数え上げた。
①事務所に入り込んで南京錠の鍵を探す。
②鍵が見つからなかったら、隠れて誘拐犯を待ち、鍵のある場所を探る。
③鍵が見つかったら、すぐに人質を救出して撤退。
「……ということで、いいのかな」

「そんなとこだ」

とロロがうなずいた。

三人は事務所の入り口に近づいた。

「ダメだ。やっぱり鍵がかかってる」

ヨーチがドアノブをガチャガチャさせた。

「壊しちまおう」

「それはやめたほうがいいよ。犯人が帰ってきたときに異変《いへん》を見つけたら、警戒されてしまう」

「そんときゃ力ずくだ」

「君は乱暴だな」

言い合うヨーチとロロの横で、ルルは背後の暗闇のほうを見ている。何か気配を感じるのだ。試しに犬耳《いぬみみ》と犬しっぽを出してみた。

途端に鼻や耳が鋭敏《えいびん》になる。人間の匂い。自転車が止まる音。続いて足音が二つ。近づいてくる。それとは別の方向からもさらに足音が二つ。こちらも近づいてくる。

「誰か来るよ」

ヨーチとロロが振り向いた。

「犯人のやつらか」

「判んないけど」

「隠れたほうがいい」

三人は事務所の脇に回って身をひそめた。

「おい、ルル」

とロロがささやき声で言った。

「なぁに？」

「パンツ見えてる」

しっぽを出したせいで短いスカートがめくれ上がっていた。

あわててしっぽと耳をひっこめる。

「えっち」

「バカヤロウ。見たかねーや」

とロロが毒《どく》づいた。

ヨーチはそっぽを向いて「自分は関係ない」という顔をしている。

「ヨーチくんも見たでしょ」

「シッ。来たよ」

「あ、ごまかした」

でも、足音が近づいてきたのは本当だった。すでに人間の耳でも聞こえる。すぐに人影も見えた。

「警官じゃねーか」

制服の警察官がふたり。事務所をのぞきこんでいる。

「あれが犯人の人？」

「んなわけあるか」

「早すぎるな」

　とヨーチがつぶやいた。

「日本の警察は優秀だから困るよ」

「どういう意味？」

「彼らは僕が呼んだんだ。犯人と争いになったときに味方になってもらおうと思って。でも、こんなに早く来られたのは予想外だ」

「余計なことしやがって」

　とロロが吐き捨てるように言った。

「誰もいないみたいだな」

　という警官の声が聞こえてくる。

「やっぱり、いたずらですかね」

「だろうな。怪しい通報だったからな」

「そんなの、無視すればいいんですよ」

「仕方ないだろう。万が一、ってこともある。一応、確認だけはしとかないと」

　警官たちは立ち去りそうな様子だ。

　ヨーチがあせり気味にささやいた。

「引き止めないと。いま帰られたんじゃ意味がない」

　足を踏み出しかけたヨーチの肩をロロがつかむ。

「ほっとけ。いても邪魔なだけだ」

「でも……」

とヨーチが言い返そうとしたとき、背後のほうから言い争う声が聞こえてきた。

「俺、ちゃんと電話で父親に言ったっすよ。警察は呼ぶなって」

「だったらなんでカネの受け渡し場所で待ち伏せしてるんだよ」

「そんなの知らないっすよー」

声は近づいてくる。

「でも、顔は見られなかったから平気じゃないっすか」

「バカッ。車のナンバーを見られたかもしれねーだろ。ここもそのうちバレるぞ」

「や、やばいじゃないっすか。どうするんすか」

「ガキを連れて逃げるんだ」

警官たちも気づいたようだ。声のするほうへ向かって足を踏み出す。

ルルは小声で聞いた。

「あっちが犯人？」

「ああ。やつらだ」

とロロがうなずく。

「おい、おまえら、そこを動くな」

と警官が声をかけた。

「やべえっ。もう来やがった」

きびすを返して逃げ出そうとする犯人に、警官がタックルした。二対二のもみ合いになる。

「おとなしくし……ぐっ」

警官のひとりがうめき、犯人の片方がもみ合いから抜け出した。年かさのほうだ。犬舎に向かって走ってゆく。

「やべえ、チェリがっ」

ロロが飛び出し、犯人を追った。なんだか判らないが、ルルとヨーチもあわてて彼を追おうとする。

「待てっ」

警官に行く手をさえぎられた。

「おとなしくしろ」

「え、なんで。犯人はあっち……」

「動くな！」

怒鳴りつけられた。ルルはびくりとして動きを止めた。怖い。

「待ってください」

とヨーチが落ち着いた声で言った。

「僕らは怪しい者ではありません。あの建物の中に人質《ひとじち》がいるんです」

だが、警官はすぐには信じてくれなかった。

ロロが犬舎に飛び込むと、犯人とスコティッシュ・ディアハウンドが対峙《たいじ》していた。

犯人は戸惑いながらもディアハウンドを威嚇《いかく》している。

「な、なんだ、おまえ。どうして檻から出てるんだ」

ディアハウンドはチェリの檻の前で頭を低くしてうなっている。

犯人は壁にかけてあった作業用のフォークを取った。

「しっ、しっ」

腰だめに構えてディアハウンドを威嚇する。

ディアハウンドのうなり声が高くなった。単なる警告のうなりではない。本気の臨戦《りんせん》態勢《たいせい》だ。鋭いフォークを向けられても臆する気配はない。約束どおりチェリを守ってくれているのだ。

「モサ公、上出来だ」

とっさに思いついた呼び名で声をかけてやる。

「な!?」

犯人が驚いて振り返った。それまでロロの存在に気づいていなかったらしい。

〔我が主、助勢《じょせい》を〕

「任せろっ」

入り口近くにあったスコップを手に取る。犯人の持つフォークに比べると迫力に欠けるが、モサ公とふたりなら問題なく勝てるはずだ。

「ロロくん？」

檻の中からチェリの声が聞こえてきた。

「待ってろ。すぐに助けてやる」

ロロがスコップを長ドスのように構えて近づくと、犯人はフォークをロロのほうに向けてきた。

が、次の瞬間、モサ公が跳躍《ちょうやく》した。犯人の手首に咬みつく。

「うあっ」

犯人はフォークを取り落とした。同時に何か小さい物が手からこぼれ、床に転がって金属音を立てる。

「この、クソ犬！」

犯人がモサ公の腹を蹴り上げた。

キャウン。

という悲鳴を上げて、モサ公は横転した。その隙に犯人がフォークを拾い直して振り上げる。目標はモサ公だ。

ロロは床を蹴った。

「クソッたれぇ！」

スコップを振り回す。フォークとぶつかった。腕に衝撃が走る。弾かれそうになるのをこらえ、腕に力を入れた。そのまま押し戻そうとする。が、相手も力を入れているから簡単にはいかない。力と力が拮抗《きっこう》し、不自然な姿勢で膠着《こうちゃく》する。

「このガキ……」

「なんだ、クソ野郎！」

頭突《ずつ》きをかました。

「ぐあっ」

犯人が頭を押さえて身をかがめる。その手をスコップで叩いた。

「うおっ」

犯人がフォークを取り落とした。さらにスコップを振り上げ、もう一撃。

「！」

犯人が身をひるがえし、ロロのスコップは床を叩いた。両手に衝撃が走る。犯人はそのまま後退した。互いに動きが止まる。にらみ合いだ。

もみ合っているうちに位置関係が変わっていた。今は犯人が出入り口を背にし、ロロはチェリの檻と倒れたモサ公を背にしている。

「モサ公、無事か」

〔我が主、敵が逃げる〕

ほんの一瞬、目をそらした隙に犯人は走りだした。ロロに背を向け、出入り口に向かってダッシュだ。

「あの野郎っ」

踏み出しかけた足が何か小さい物を蹴った。音につられて目を向けると、それは鍵だった。

犯人は犬舎の外へ飛び出した。続いて、複数の怒鳴り声が聞こえてくる。外で犯人と誰かが争っているらしい。

〔我が主、敵を追わぬのか〕

「こっちが先だ」

ロロは鍵を拾い、チェリの檻の南京錠に差し込んでみた。すんなりはまって錠は開いた。

「ロロくん！」

檻の扉を開くと、チェリが飛びついてきた。

「もう大丈夫だ」

「うん！　うん！　うん！」

チェリが力いっぱい抱きついてくるので、ロロも力を込めて抱きしめてやった。

「ロロくーん」

裸の胸に熱い物を感じた。チェリの涙だ。チェリは嗚咽《おえつ》を漏らし始めた。

「お、おい、泣くなよ。もう大丈夫だから」

相手が男の子なら「ピーピー泣くな」と怒鳴りつけてやるところだが、幼い女の子が相手では、どうしていいやら判らない。あたりを見回しても、近くにいるのはモサ公だけ。心配そうに首をかしげているが、もちろん、なんの助けにもならない。

「なあ、頼む。泣きやんでくれー」

チェリがロロの胸から顔を離した。歯を食いしばってしゃくり上げている。泣くのをやめようと頑張っているらしい。なんとかしてやりたいが、何をすればいいのか判らない。

こんなとき、他のやつならどうするだろう。ロロは自分の家族のことを思い起こしてみた。幼いころ、子供たちの誰かが泣いたとき、母の恵《めぐみ》があやしていた記憶はあまりない。子供たちだけでなんとかしていたように思う。

レレとリリは、どちらかが泣くと、どこからともなくもうひとりがやってきて、しっかりと抱き合った。そして、なぜか、後から来たほうも泣きだして、ふたりの涙がかれるまで抱き合って泣いていた。

ロロは人前では泣かなかった。物心つくころには、それは恥ずかしいことだと思うようになっていたから、涙が出そうになるとひと気のないところへ走っていった。

ララは泣かない。少なくとも、泣いているところを見た記憶はない。本当に泣かないのか、ロロと同じようにこっそり泣いていたのか、それはロロには判らない。

そして、ルルは……ルルは、どうだったろう？

そう考えていると、当のルルがドアを開けて飛び込んできた。

「ロロくん!?」

開け放たれたドア越しにヨーチと警官の声も聞こえてくる。

『おい、君、勝手に入るんじゃない！』

『まあまあ。そんなことより、早く犯人に手錠をかけたほうがいいですよ』

ルルがしゃくり上げるチェリを見て声を上げた。

「ロロくん、ダメじゃない。女の子を泣かせたりしたら。どうせまた怒鳴りつけたりしたんでしょ。ロロくんは誤解されやすいんだから、もっと言葉づかいとかに……」

「やかましい。おまえはしばらく黙ってろ」

牙を剥いて怒鳴りつけてやった。

「ひうっ」

ロロの怒りが伝わったらしく、ルルはすぐに口を閉じた。目元には涙が浮かんでいる。

（こいつは、しょっちゅう泣いてたよなぁ）

さすがに最近は声を上げて泣くことは少なくなったが、小さいころはありふれた日常の光景だった。そんなとき、やっぱりロロはどうしていいのか判らなくて、何もできずに見ているだけだった。すると、頼りにならない親や兄弟に代わって、犬や猫たちがやってきたものだ。たくさんの犬猫が心配そうにルルに群がって、それから……

（そうか！）

チェリの顔はくしゃくしゃだ。顔中を涙で濡《ぬ》らしている。ロロはチェリに顔を近づけ、涙のしずくをペロリと舐め取った。

「キャハッ」

チェリはしゃくり上げながらも、くすぐったそうに首をすくめた。

「ロロくん、わんちゃんみたーい」

そう言われて、ロロは自分が人間の姿をしていたことを思いだした。

恋に似た何か

「今日の放課後《ほうかご》はパルコだからね？　絶対だよ？　約束だよ？」

「あー、うるせえな。判《わか》ってるっつーの。何度も同じこと言うんじゃねえよ」

朝の通学路でロロにまとわりつくルルである。いつもはルルのほうが早く登校するのだが、今朝は買い物の約束を取り付けるためにロロに合わせたのだ。

ふたり並んで校門をくぐると、杉木《すぎき》の姿が目にとまった。教室へと急ぐ人の流れをはずれて、校門脇のポプラに寄りかかっている。

目が合った。

ルルたちのほうへ歩いてくる。表情が硬《かた》い。てゆーか、怖《こわ》い。

ロロも気づいたらしく、立ち止まって杉木を待ち受けた。ふたりの間に見えない緊張《きんちょう》の糸が張りつめている。ルルはプチ・パニックになった。

「あ、あの……」

杉木がなんのつもりで近づいてきたのか知らないが、トラブルはいやだ。目的がなんであれ、穏便《おんびん》に済《す》ませたい。……済ませたいのだが、かける言葉が見つからない。

ルルがおろおろしているうちに、ロロのほうが話しかけてしまった。

「なんか用か」

「詫《わ》びと礼を」

杉木は硬い表情のまま、かすかに頭を下げた。

「妹から聞いた。誤解《ごかい》して責《せ》めて悪かった。あいつを助けてくれたことには感謝している」

その口調《くちょう》は詫びらしくも礼らしくもなかったし、言い終《お》えて頭を上げたときの顔つきは喧嘩《けんか》を売っているようにしか見えなかった。これで和解《わかい》できるとは、ルルにはとうてい思えない。

とりあえず、愛想笑《あいそわら》いで応じてみる。

「う、うん。智李《ちえり》ちゃん、無事で良かったね」

「ああ」

そこで会話が途切《とぎ》れる。

「…………」

「…………」

杉木はロロのほうを見ている。ルルは顔に貼《は》りついた笑顔をひきつらせながら、ロロを肘《ひじ》でつついた。

「ほ、ほら、ロロくん、せっかく杉木くんがああ言ってくれてるんだからさ……あの……だから……えと……」

なんとかフォローせねば、とあせるルルを尻目《しりめ》に、ロロが言った。

「チェリはダチだからな。助けて当然だ。礼はいらねえ。それと、俺が大人に誤解されるのはいつものこった。気にすんな」

手の甲でポンと杉木の胸を叩《たた》く。

「れ？　あれ？」

思わずつぶやいたルルに、ロロが怪訝《けげん》そうな目を向けた。

「なんだよ」

「ロロくん、なんで普通なの」

「はぁ？」

杉木のほうが仏頂面《ぶっちょうづら》でぶっきらぼうだったから、ロロのほうも似たような感じで返して、険悪《けんあく》になってしまうに違いないとルルは確信していたのだが。

「妹が、明日、会いたいと言っている。礼をしたいそうだ」

「ああ、いいぜ」

もう、なんの問題もなく、ごく普通に会話している。

(この人たち、よく判んない)

そのまま三人で教室に向かった。途中でクラスの違うロロが別れたので、ルルと杉木のふたりになる。会話はない。並んだまま、無言で進む。

ルルはこっそりと杉木の横顔を見上げた。あまり楽しそうな顔はしていないが、さっきロロと言葉を交《か》わしていたときもこのままだった。

(これって、機嫌《きげん》が悪いわけじゃなくて、杉木くんの「普通」なのかな)

だとすれば、ルルが話しかけても相手をしてくれるかもしれない。

杉木がルルに目を向けた。バッチリ目が合ってしまう。

(あ、お話しするチャンスかもっ)

犬耳《いぬみみ》犬しっぽが出ていたら、耳をピンと立ててしっぽをパタパタしているところだ。

「なんだ?」

「あ、あのあの……」

やばい。話題がない。

「えーと、あの……智李ちゃん、無事で良かったね」

「それ、さっき聞いた」

「あう」

失敗。犬耳犬しっぽが出ていたら、耳もしっぽもヘタッとしおれていただろう。

クッ。

という声。見上げると、杉木がニヤリとしている。

(笑ってる!)

なんだか知らないが、杉木が楽しそうだ。彼が楽しいと、ルルも嬉《うれ》しい。心の中のしっぽがパタパタ揺《ゆ》れる。

「あんた、最初に会ったときと、まるで印象が違うのな」

最初に会ったとき? 入学式の日のことだ。そのときの言動《げんどう》が頭によみがえり、全身が熱くなった。きっと、顔は真っ赤に違いない。

「や、あれは……あのときは……その……」

まさか、「発情中《ヒート》だった」とは言えない。

中学のときの友達に、ときどき「わたし、発情中なの」と口走る女の子がいた。もちろん人間の女の子だ。あれは「エッチしたい気分なの」という意味だったらしい。普通の人間のそれがどういう感じなのか、ルルには想像することしかできないが、たぶん、ハーフドッグのあれとはかなり違うはずだ。

「迷惑かけた詫びに、あのときの続きをしてやってもいい」

「へ!?」

素《す》っ頓狂《とんきょう》な声を上げてしまった。

「一晩じっくりと楽しませてやる」

「い、いえ、今はもう……その……違うんで……だから……遠慮《えんりょ》します！」

と言って走りだす。これ以上、会話を続けていられない。

「おい、あぶな……」

人にぶつかった。周囲《しゅうい》も確かめないでいきなり走りだしたのが敗因《はいいん》だ。相手はがっちりした体格の男子だったので、ルルのほうだけが弾《はじ》き飛ばされた。

「あたた～」

ぶつかった相手が心配そうな顔で倒れたルルをのぞきこんできたので、謝って大丈夫《だいじょうぶ》だと言ってあげると、安心して去っていった。

杉木がゆっくりと歩《あゆ》み寄ってきた。

「大丈夫か」

「ドジッちゃった～」

もう笑ってごまかすしかない。

杉木が身をかがめて手を伸ばし、ルルの腕の下に差し入れてきた。

「え？」

脇の下をつかまれ、そのまま持ち上げられた。

「きゃわっ」

ルルのことを立たせてくれたのだが、まるで幼い子供を抱き上げるようなやり方だ。杉木とルルの体格差なら、こんなこともできてしまう。

（いきなり、なんてことをするですか、この人はーっ！　てゆーか、セクハラーッ！）

ルルが立ち上がっても、杉木はすぐには離れない。少し頭を下げ、鼻をクンクンいわせている。

「な、なにが？」

（匂《にお》い嗅いでますよ!?）

杉木が「なんだろう」とつぶやいた。

「あんた、いい匂いがするけど」

ルルは心の中で悲鳴《ひめい》を上げる。

「俺、この匂い、知ってる。……なんの匂いだ？」

杉木は首をかしげている。

そんなことより女の子の体臭《たいしゅう》を嗅ぐってのはどうなんだろう、とルルは自問《じもん》し、

（セクハラ！　セクハラ！）

と自答《じとう》する。

「あ、そうか」

杉木が破顔《はがん》した。

「あんた、犬の匂いがするんだ」

（そりゃしますよ。しますとも。なんてったって、半分は犬ですからね。ええっ）

「変なこと言わないでっ」

ルルは杉木を突き飛ばそうとしたが、彼の身体《からだ》はピクリとも動かなかった。代わりに、きびすを返して走りだそうとしたが、それでは失敗の繰《く》り返しになりそうなので、それもやめておく。結局、早足で歩きだした。

競歩《きょうほ》並《なみ》の速さで杉木をぶっちぎり、教室へ飛び込む。ルルは自分の席についた。なんだかいろいろあって混乱している。クールダウンが必要だ。

けど、そんな暇はなく、新たな敵に襲撃《しゅうげき》された。

「滝沢さん、見てたよー」

「いつの間に杉木君と仲良くなったの」

「それと、校門のところで杉木君が滝沢君に頭下げてたよね。あれって、どういうこと」

同じクラスの女子三人がルルを取り囲んだ。高校に入って最初にできた友達だ。

適当にごまかしたかったが、彼女たちの好奇心は飢《う》えた獣《けもの》のようで、とうていやり過ごすことはできなかった。ルルは休み時間の度に三人に囲まれ、いろいろと白状させられてしまった。

河川敷《かせんじき》に背の高い草が生い茂っている。おかげで見通しが悪く、草むらの奥は迷宮《めいきゅう》のようだ。

その迷宮に、ロロはいた。目の前にチェリが立っている。草むらの中にはたくさんの野良犬《のらいぬ》もいる。

「このわんちゃんたち、全部ロロくんのおともだちなの？」

「まぁな」

チェリが捕《つか》まってた犬舎《けんしゃ》から逃げ出した犬たちだ。もちろん、スコティッシュ・ディアハウンドのモサ公やロングコート・チワワのチビも含まれている。どういうわけか、この連中はロロのことをボスと仰《あお》いでいる。

チェリの事件が報道されて犬舎の事情が知れ渡ったおかげで、動物愛護団体《どうぶつあいごだんたい》が動き出している。病気などで犬舎から動けない者は愛護団体に引き取られることになりそうだ。

ここにいる連中も愛護団体の世話になったほうが幸せになれるだろう、とロロは思うのだが、なぜか彼らはロロを慕《した》ってくる。わずらわしいが邪険《じゃけん》にもできないので、できる範囲で面倒を見ているロロである。

ロロは小さな紙袋を手にしている。可愛《かわい》い絵柄《えがら》の袋で、口をリボンで縛《しば》ってある。もちろんロロには似合わない。たった今、チェリから受け取ったばかりの物だ。

ロロはリボンをほどき、紙袋の中をのぞきこんだ。

「ペンダントか？」

金属製《きんぞくせい》の鎖《くさり》に青い宝石状の物がつながっている。幼いチェリが用意したのだから高価《こうか》な品のはずはないが、見てくれはかなり立派だ。

「ちえりの宝物。でも、ロロくんにならあげてもいいかなって」

「お、おう」

チェリの言葉は直球だ。おそらく、そこに作為《さくい》はない。それだけに、胸に響《ひび》く。

紙袋からペンダントを取り出し、留《と》め具をはずした。ペンダントを首のあたりに持ってくる。

「……ん？」

首の後ろで留め具をはめ直すだけでいいはずなのだが、それがうまくいかない。こんな物を使うのが初めてな上に、ロロの後ろ髪が男子にしてはかなり長めなせいで鎖にからまってしまうのだ。

「もう！　ロロくん、下手《へた》」

チェリにあきれられてしまった。

「わたしがやってあげるっ」

チェリが両手を伸ばした。もちろん、それだけではロロの首まで届かない。ロロはチェリの前にひざまずき、ペンダントを彼女にゆだねた。チェリはロロの頭を抱くように腕を回し、ペンダントの金具を留めた。

それを見ていた周囲の犬たちがどよめいた。

〔ねえねえ、あれって首輪!?〕

〔ううむ。そうは見えんが……あのような首輪もあるやもしれぬ〕
〔だったら、あの小さな女の子がお兄さんの飼い主なの？〕
〔どうやら、そのようだ〕
〔あんなに小さいのに？〕
〔主従《しゅじゅう》の絆《きずな》は時として傍目《はため》には理解し難《がた》いものだ。かようなことも、あるであろう〕
〔でも、お兄さんの御主人様《ごしゅじんさま》なら、あたいたちも敬《うやま》わないと〕
〔左様《さよう》。我が主《あるじ》の主なら、主も同然だからな〕
「飼い主じゃねえ！」
とロロは怒鳴《どな》ったが、人間の言葉だったので犬たちには通じていない。
〔な、なんか怒ってるよ？　お兄さんが怒ってるよ？〕
〔いかん。急ぎ服従《ふくじゅう》の態度を示せ。我が主にならうのだ〕
モサ公はロロに並ぶと、耳を後ろに寝かせてチェリの前に伏《ふ》せた。チビや他の犬たちも、あわてて同じようにする。中には仰向《あおむ》けに寝ころがって腹を丸出しにしている者もいる。
「わんちゃんたち、急にどうしたの⁇」
「……気にすんな。こいつらは頭が悪いんだ」
ロロは立ち上がり、自分の胸に下がったペンダントを手に取って見た。
「大事にしてやる」

チェリは嬉しそうに微笑《ほほえ》んだ。

「俺からも渡したいものがある」

ロロはポケットから銀色の細長いホイッスルを取り出した。昨日、ルルの買い物に付き合ったついでに、ハンズに寄って買ってきた物だ。

「笛《ふえ》？」

「吹いてみな」

チェリはホイッスルをくわえて息を吹き込んだ。が、ホイッスルは鳴らない。無音だ。その代わり、というわけではないが、チビが「キュン？」と鳴いた。

ホイッスルが鳴らないものだから、チェリはむきになって吹いた。ほおをパンパンにふくらませ、真っ赤な顔で吹いた。すると、チビだけでなく他の犬たちもソワソワしだした。

犬の可聴域《かちょういき》は人間のそれよりも広い。犬耳を出していないロロには何も聞こえないが、犬たちにはホイッスルの鳴る音がちゃんと聞こえているのだ。

〔これは犬笛《いぬぶえ》ではないか〕

唯一、モサ公だけは高周波《こうしゅうは》タイプの犬笛の存在を知っていたようで、まったく動じていない。

チェリは不思議《ふしぎ》そうな顔をしている。

「音がしないよ？」

「そいつはそれでいいんだ」

「鳴らない笛なの？」

「まあな。いつもそれを持ち歩いてろ。今度また危ない目にあったら、そいつをおもいっきり吹け。吹き続けろ」

「音がしないのに？」

「大丈夫だ。俺やこいつらには聞こえる。おまえがそれを吹いたら、どこにいても、何をしてても、大急ぎで駆けつけてやる」

チェリは小首をかしげた。

「魔法《まほう》の笛？」

「魔法じゃねえ」

とロロは即答したが、じゃあなんなんだ、と聞かれても困る。

「……けど、まあ、似たようなもんか」

ロロが曖昧《あいまい》な言い方をしたので、チェリの顔に戸惑《とまど》いが浮かぶ。

「え……と……」

「魔法っぽい笛だ」

「っぽい？」

「ああ。魔法っぽい笛だ」

と、もう一度。はっきりと断言してやる。

「この話、他のやつには秘密だぞ」

「どしてぇ？」

「魔法っぽいからだ」

ロロが真面目《まじめ》な顔でそう言うと、チェリは真剣に「うん、わかった」と答えた。どうやら、「魔法っぽい笛」ということで納得したらしい。

それから、チェリはてのひらの上のホイッスルを見つめた。

ジーッと見つめて何か考えている。

「どうした」

「これ、吹いたらロロくんが来てくれるんだよね」

「ああ。そう言ったろ」

「うん……」

何か言いよどんでいる。

「言いたいことがあるなら、言え」

強くうながされて、チェリはためらいがちに口を開いた。

「……さみしいときも吹いていい？」

「さ、さみしいとき？」

ロロが考えていた使い方とはまるで違うことを聞かれて戸惑った。ロロ的には防犯ベルのような物として渡したつもりだったのだ。

「おまえ、さみしいのかよ」

「いつもじゃないけど、たまに。お父さんもお母さんもお仕事、忙しいし、お兄ちゃんもあんまり家にいないし」

チェリはとつとつとした口調で、懸命に説明しようとしている。

「あ、お手伝いさんたちがいるから、すごくさみしくはないんだけど……でも、やっぱり、ときどき……」

「夜とか？」

「ううん。夜はへーき。わたし、早く寝ちゃうから。それより、お昼のほうがいやかなって。日曜とか、すごく天気のいい日におうちに独《ひと》りでいると、ちょっとさみしくなるの。うち、広いから」

チェリは期待に満ちた瞳《ひとみ》でロロを見上げた。こんな話を聞いたあとに、そんな目で見られて、「ノー」と言えようか。むしろ「全力で期待に応《こた》えねば」と思ってしまう。

「まあ、そうだな……。さみしくて、さみしくて、どうしようもないときは吹いていいぞ」

「そしたら、ロロくん、来てくれる？」

「ああ。行ってやる。そんときは全速力《ぜんそくりょく》で走っていってやる」

「うん！」

チェリは満面《まんめん》の笑顔になった。その笑顔を見て、「本当に全力で走って行こう」とロロは心に誓《ちか》った。この子がいつも笑顔でいられるように。


「うへへ～」

ルルは自分のベッドに寝転《ねころ》がっている。

「うーっ、くーっ」

にやけた顔で枕《まくら》を抱きしめ、じたばたと転げ回っている。

「うっとうしい！」

と怒鳴られた。勉強机の前に座ったララが眉間《みけん》にシワを寄せてにらんでいる。

「だって～」

ルルは耳としっぽを出した。ベッドに寝転がったまま、ララのことを見つめてしっぽをパタパタと振る。

「……その顔は、『何があったか聞け』ってことね」

「聞きたい？　聞きたい？　聞きたい？」

ララはわずらわしそうにため息をつくと、シャーペンを置いて紅茶のカップを手に取った。

「聞いてあげるわよ。話しなさいよ」

「あのね、昨日ね、学校でね、杉木くんがね……」

「ちょっと待って。あなた、会話の中に自分の友達の名前を説明なしに登場させる癖《くせ》、やめてくれない？」

「あれれ？　杉木くんのこと、話したことなかったっけ」

「聞いたわよ。名前だけなら何度か」

「だったら……」

「でも、どんな人かは知らない。どういう知り合いよ？」

「わたしがヒートしてたときに、勢いでエッチしかけた相手」

「⁉」

ちょうど紅茶をすすっていたところだったララは、気管《きかん》に紅茶が入ってしまったらしく、盛大にむせた。体が大きく揺れて手にしたカップから紅茶がこぼれ、スカートが濡《ぬ》れる。あわててカップをソーサーに戻したが、そのときさらにこぼして、机の上のノートも濡らしてしまった。

「わー、珍しい。ララちゃんがドジッ子になってる～」

「あ、あんたが急に変なこと言うからでしょ！」

むせたせいか、それとも怒っているのか、ララの顔は真っ赤だ。

「でも、本当のことだよ？」

「う……。そ、それで、その杉木君がどうしたってのよっ」

ララは丸めたティッシュでノートを叩き、こぼれた紅茶を大急ぎで吸い取りながら、やけくそのような口調で聞いてきた。

「うん。あのね、昨日、杉木くんにね……」

ルルはベッドの上に起き上がり、身を乗り出して言った。

「いい匂いがするって言われたの～」

「はぁ？」

「それでね、その匂いって、犬の匂いのことだったの～」

そうなのだ。あのときは気恥ずかしさが先に立って逃げてしまったが、あとから何度も何度も記憶を反芻《はんすう》しているうちに気がついた。彼はルルからかすかな犬の匂いを感じ取り、それをいい匂いだと言ってくれたのだ。

でも、ララはルルの報告からなんの感銘《かんめい》も受けなかったらしい。

「だって、ルルはしょっちゅう犬の姿になってるから、人間に戻ったときに匂いが残ってても不思議じゃないでしょ」

つまらなそうな口調でそんなことを言う。ポイントはそこじゃない。

「杉木くんは犬の匂いがいい匂いだって言ってくれたんだよぉ」

「それがどうしたの」

ララは「訳《わけ》が判《わか》らない」という顔をしている。ルルにはそんなララが判らない。

「これって、やっぱ運命だよ～。きっと、わたしは杉木くんと出会うために生まれてきたんだ。わたし、杉木くんのこと好きになって良かった。杉木くんに恋して良かった」

もう彼と結ばれるしかない。誰かと仲良くなるのは得意なのだ。意識し始めた最初のうちこそうまく話しかけられなかったが、なぜかいつの間にか平気になっている。大丈夫。彼ともきっと仲良くなれる。

杉木は女性関係が盛んらしいので、そこだけは難点だが、誠意をもってぶつかれば、きっと振り向いてくれる。いずれルルだけを見てくれるようになる。

そうしたら、そのときは、たぶん……いや、きっと、素敵な日々が待っている。ふたりで幸せになれる。

たくさんの仔犬《こいぬ》たちに囲まれて微笑む杉木と自分の姿を想像してみた。言うまでもなく、仔犬たちは彼とルルのマイベイビーである（ちなみに、恋人時代も結婚式もすっ飛ばして、いきなり新婚生活なのは、そのへんのことはあまり考えたことがなかったので、妄想《もうそう》のストックがないからだったりする）。

芝生《しばふ》のきれいな公園で、たくさんの可愛い仔犬たちを遊ばせるルルと彼。ふにふにでやわやわなミルクの匂いのするベイビーたちに囲まれて、杉木とふたり、肩を寄せ合い、手を取り合って……

「恋じゃないわよ、それ」

ララの冷たい声が、ルルを妄想の国から呼び戻した。

「へ、なんて……？」

「あなたが感じてる今の気持ちは恋じゃないって言ってるの」

「恋じゃないって……なんで？」

「恋のはず、ないじゃない」

「え、でも、わたし……」

いきなり決めつけられてルルが戸惑っていると、ララはきつめの口調で続けた。

「恋っていうのはね、異性を求める性的欲求が高まっているときの精神状態のことなの。こういう言い方をすると、夢見がちな子はプラトニックがどうだとか言い出すけれど、感情は内分泌物《ないぶんぴつぶつ》によって引き起こされる生理学的な現象でしかないの。性欲抜きの恋なんてあり得ない。判る？」

ララはときどきルルが言ってもいないことに勝手に反論してくるので困ってしまう。

「わたし、杉木くんとエッチしかけたんだよ？」

つまりは性欲バリバリだったのだ。

「今はどうなの」

「え？」

「ハーフドッグは人間とは違ってたまにしかヒートしない。その上、ハーフドッグが性欲を感じるのはヒートしてる期間だけ」

自分だってハーフドッグのくせに、ララは他人《ひと》ごとのような言い方をする。

「あなたは今、性欲を感じてる？」

「それは、感じてないケド」

「さっきも言ったとおり、性欲抜きの恋なんてあり得ないの。だから、あなたのそれは恋じゃない」

「ええー、そんなこと言われても～」

とりあえず、ララの物言いはルルを全否定しているように聞こえて、それがカチンときた。

「わたし、杉木くんのこと好きだし」

とっさに筋道立てて反論することもできなかったので、そんなことだけ言ってみる。

「だったら、その『好き』は恋愛の『好き』じゃないのよ」

「友達の『好き』とは違うよ。杉木くんへの気持ちはそれとはぜんぜん違うもん」

「他にも『好き』はいろいろあるでしょ」

「他にもって？」

「いろいろよ」

ララは言いたいことを言って、もうこの話題に飽きたようだ。机に向き直ってシャーペンを取った。会話を打ち切って勉強に戻るつもりらしい。

ぜんぜん納得できてないルルは食いさがった。

「ねえ、いろいろって、なーにー」

「いろいろだって言ってるでしょ！」

ララはルルのほうを見ずに声を荒らげた。ちょっと怖いが、相手はララだ。この程度なら、まだ大丈夫。

「教えてよー。たとえばー？」

ララがシャーペンをノートに叩きつけ、もう一度ルルのほうを向いた。

「たとえば母性愛《ぼせいあい》とか忠誠心《ちゅうせいしん》とか、そういうのよ！」

ララはニヤリと意地《いじ》の悪い笑みを浮かべた。

「あなたの『好き』は飼い犬の御主人様に対する忠誠心かもね」

「杉木くんは御主人様じゃないよ～」

「ルルは犬としての生活も好きなんでしょ。杉木君に飼ってもらったらいいじゃない」

ララは意地悪で言ったつもりらしいが、ルルにはなかなか魅力的な提案に思えた。

「それも、いーかも♥」

「な……」

ララは一瞬唖然《あぜん》とした。まさか喜ぶとは思わなかったのだろう。

「あ、あんたみたいな役に立たないバカ犬、すぐに見捨てられちゃうわよっ」

「えぇー。それはいや～」

そのあとは、ルルが何を言ってもララは相手にしてくれなかった。

「何をニヤニヤしてんだ」

一刻《かずとき》が声をかけると、智李が弾かれたように顔を上げた。

「あ、お兄ちゃん、お帰りなさーい」

ソファから立ち上がり、トテトテと一刻のほうへ駆けてくる。

「これ、見てー」

手に銀色の細長いホイッスルを持っている。

「これねー、魔法っぽい笛なの」

「っぽい？」

中途半端《ちゅうとはんぱ》な呼び方に首をかしげる。

「どのへんが魔法なんだ」

「魔法じゃないよ。魔法っぽいんだよ」

幼い妹のこだわりが微笑ましい。

「じゃあ、どう魔法っぽいんだ」

「それは秘密」

ちょっと腰砕けになるが、かろうじて調子を合わせる。

「魔法だからか」

「違うー。魔法っぽいから」

「その『っぽい』って、なんなんだよ」

「ロロくんがそう言ってたのっ」

「ああ。あいつにもらったのか」

今日ふたりは会っていたはずだから、そのときに違いない。おおかた、このホイッスルには小さな子供には不思議に感じられるような何かがあって、それを「魔法っぽい」と表現してからかったのだろう。

「良かったな」

「うん♪」

一刻はロロからの連想でルルのことを思いだした。

昨日の朝、気まぐれで少しばかりからかってやった。そのときの反応がうぶだったので、しばらくこっちのことを避けるだろうと予想していた。けれど、思ったより打たれ強いタイプだったらしく、昼休みにはもう向こうのほうから寄ってきた。

（ああいうタイプは困るんだが）

妹のこともあって、ついうっかり気を許してしまった。最初に決めたとおり、これからは完全無視に徹するべきだろうか？

そうしたほうがいいと判断する一方で、そうしたくないと感ずる自分がいる。

昼休みに彼女が笑顔で寄ってきたとき、

「失敗した」

と思った。だから、以前と同じ無視モードで応じた。

それに対する彼女の態度は以前とは違っていた。無視しても無視しても、まとわりついてきた。あまりにしつこいので、

「邪魔するな。俺は忙しい。失《う》せろ」

と言ってやった。しかも、なるべく冷たく聞こえるように、だ。

なのに、それでもまだ、彼女はあきらめなかった。

あのとき、一刻は彼女を無視するために雑誌を開いた。読むふりをしている間、ずっと彼女は一刻のそばに座っていた。顔は誌面に向けていても、一刻は自分にそそがれる彼女の視線をはっきりと感じられた。

落ち着かないので、今度は怒鳴りつけてやるつもりで顔を上げると、一刻が振り向くのを待ち続けていたらしく、彼女は即座に立ち上がった。その瞳からは「かまって」オーラがきゅらきゅらと放射されていて、怒鳴る気力が打ち消されてしまった。

そんなやり取りを放課後までに何度も繰り返した。そのうちの何度かは根負けして相手をしてしまった。相手をしてみるとけっこう楽しかったりもするのが曲者《くせもの》で、帰り際には警戒心もゆるみがちになっていた。

「お兄ちゃん、今日はもう出かけないの？」

妹に話しかけられて、回想を中断した。顔を向けると、妹は一刻のほうを見ていた。

（こ、こいつもか……）

ルルと同じで、「かまって」オーラがだだ漏《も》れになっている。

自分は、どちらかというと、冷たいタイプのはずだ。それでも、こういう態度に出られると、心を痛めずには断ることができなくなってしまう。

（あいつに情が湧《わ》いたか？）

彼女と付き合いたいとか抱きたいとか、そういうことはかけらも思わない（入学式の日のあれは気の迷いだ）が、なつかれると、かまってやりたくはなる。

「少し話でもするか」

「うん！」

笑顔の妹に手を引かれながら、ルルのことも少しは相手にしてやってもいい、という気分になり始めていた。


「うにゅ～」

ルルはベッドに寝転がっている。

「う～、く～」

力なく横たわり、意味のないうめき声を上げる。

「俺のベッドで何してやがる」

静かだが、トゲのある声で言われた。部屋の入り口でロロが牙《きば》を剥《む》き出しにしてにらんでいる。風呂上がりらしく上半身が裸《はだか》だ。

「だってララちゃんが意地悪なんだもーん」

「知るかよ。とっとと自分の部屋に帰れっ」

「あ、そうだ。これ、なーに？」

「てめ、人の話をき……だーっ！」

ロロにペンダントを奪い取られた。物凄《ものすご》い勢いで。

「大事な物？　だったら机の上なんかに置きっぱなしにしてたらダメだよ」

金属製の鎖に青い石がつながっている。ルルの目には、鎖はプラチナか何かの貴金属で、石は貴重な宝石のように見える。触っただけでロロが血相《けっそう》を変えたくらいだから、もしかすると本当に高価な物なのかもしれない。

「うるせーよ。ひとの部屋に勝手に入り込んだやつが偉そうに言うな」

ロロはペンダントを首にかけた。まだ湯上がりでほこほこしているというのに、特に気にした様子はない。このぞんざいな扱いからすると、露店《ろてん》で売ってるような安物なのだろうか。

もっとも、ロロの性格だと、ダイヤモンドと鉛筆《えんぴつ》の芯《しん》を区別せずに扱いそうだから油断はできない。

「ひとの裸をジロジロ見てんじゃねーよ」

「へ？」

そう言えばロロは上半身が裸だった。まるっきり意識してなかったけど。

ヒート中、風呂上がりのロロとリビングで遭遇《そうぐう》したときのことを思いだす。あのときはあんなにドキドキしたのに、今は何も感じない。

立ち上がり、ロロに近づいた。手を伸ばして裸の胸に触れてみる。

「おまえ、何やってんの」

「いや、なんとなく。てゆーか……実験？」

「どんな実験だよっ」

普段とヒート中ではものの感じ方が違う。湧き上がってくる感情もまるで違う。ララの言うとおりだ。それは間違いない。

でも、杉木に対する今の自分の気持ちは、本当に恋ではないのだろうか。ヒートが終わったら恋も終わってしまうのだろうか。

内分泌物というのがどういうものなのか、正確なところはぜんぜん知らないのだが、そんなもので気持ちが左右されるなんて、信じたくない。

ふと思いついた。いつの間にか杉木と普通に話せるようになってたのは、もしかして、ヒートが終わり、徐々に体調が変わってきて、内分泌物がどうたらこうたらで、それで平気に……。

　そこまで考えて、ルルはぷるぷると頭を振った。

（今の、違うっ。今の、間違いっ。今の、なしっ）

　自分で思いついてしまった仮説を強く否定した。頭の中をリセットだ。もう一度、考え直す。今度はちゃんと望む結論にたどり着くように気をつけて。

　百歩ゆずって、仮に、恋ではなかったとしよう。それでも自分が杉木を好きなことに変わりはない。この気持ちは本物だ。

（そう言えば、恋と愛は違うって、よく言うよね）

　恋で始まった関係は、時を経《へ》て愛へと昇華《しょうか》するんだとか。また、恋は刹那《せつな》で愛は永遠だとも聞く。どうやら、恋より愛のほうが偉いらしい。

（じゃ、今のこの気持ちは「愛」だってことにしよう。うん、そうしよう。そう決めた）

　ララは「あなたの『好き』は飼い犬の御主人様に対する忠誠心かもね」などと言っていた。あのときは、杉木のペットになることを想像して、「それも、いーかも」なんて思ったりもしたが、よく考えてみたら、やっぱりそれだけじゃ悲しい。

　杉木は他にも犬を飼っている。何頭もいる犬の中の一匹ではさみしすぎる。彼にはもっと自分を見てほしいし、ちゃんと女の子として可愛がってもらいたい。

　やっぱり、飼い主とペットより、彼氏と彼女の関係がいい。彼とは恋人同士になりたい。

「いつまで触ってやがる」

「……あ」

ロロの胸に触れたままで考えこんでいたらしい。

「てめえ、またヒートか？　そんなに襲ってほしいか？　なんなら本当に押し倒してやろうか？」

ちょっと目が怖いかも。

「や、やだなぁ。ヒートの間隔《かんかく》はそんなに短くないよ～」

「こっちはいつでも準備ＯＫだ」

そう言って、ロロはルルを突き飛ばした。ベッドではなく、ドアのほうへ。

「俺は兄弟だし、ハーフドッグだからまだいい。そっちがおかしくなってない限り、何かしようなんてカケラも思わない。けど、よその男は違うぞ。特に人間の男は」

ララや母の恵《めぐみ》にも何度か同じようなことでしかられてるから、鈍いルルにも彼の言いたいことはだいたい判った。

ロロはやさしい。怒り顔で口は乱暴だし突き飛ばしたりもするけど、でも、やさしい。

「わたしのために怒ってくれてるんだね。いつも心配かけてごめんね。ありがと～」

ちょっと感激したので、衝動的に抱きつこうとした。

「まーだ、わかんねーのか」

グワシッと、顔面《がんめん》をつかまれた。「アイアン・クロー」ってやつ？

「ひたいっ。ひたいよっ。ロロくん、爪が出てる」

普通の人間の爪よりも遥《はる》かに硬く鋭い爪が、ルルのこめかみに食い込んでいる。

「もっと自覚を持て。おまえは無防備すぎっ」

一瞬、アイアン・クロー攻撃には気をつけろ、という意味かと思った——そう言ったら、もっと強くつかまれてしまった。ギャァ。


洋治《ようち》は風呂に入っていた。

広いヒノキの浴槽《よくそう》の隅に、縮《ちぢ》こまるようにして座っている。いつもなら心身をリフレッシュしてくれる入浴タイムだが、今日は鬱々《うつうつ》として楽しめない。何かに集中せずにいると、あまり思いだしたくない光景が自然と頭に浮かんでくるのだ。

洋治を落ち込ませるのは、昨日の学校でのルルの様子だ。楽しそうだったり、さみしそうだったり、嬉しそうだったり、機嫌が悪そうだったり……いつもと同じようにコロコロと表情を変えていた。

もちろん、単にそれだけなら、なんの問題もない。むしろ、彼女がコロコロと表情を変えるところを目にするのは、洋治にとって楽しいことだ。それこそが彼女の最大の魅《み》力《りょく》だとさえ思う。

洋治をナーバスにさせるのは、ルルの表情を変えさせていたのが杉木だったことだ。

彼女は杉木に向かって微笑み、杉木のせいで落ち込み、杉木のおかげで喜び、杉木のためにむくれた。それがいらだたしい。

意味もなく拳《こぶし》を振り上げ、湯を叩いた。

大きな音が響いて湯が飛び散る。熱いしぶきが顔を打った。その刺激《しげき》が粟立《あわだ》つ心をいくぶん冷静にしてくれる。

洋治は湯船の中で深呼吸した。

誘拐事件《ゆうかいじけん》があったから、自分の彼女に対する感情の問題は棚上《たなあ》げしていた。だが、それはもう終わったのだ。このまま傍観者《ぼうかんしゃ》でいるのか、それともレースに復帰するのか。決める時が来た。

最も自分らしい選択肢《せんたくし》は、「彼女の気持ちを第一に考えて、それを大切にする」という道だろう。その場合、自分の気持ちは隠したまま、杉木とのことを応援することになる。

実際、誘拐事件との関わりでは、それに近い行動を取った。結果、ルルと杉木の仲は接近したように見える。自分で自分の首を絞《し》めるとはこのことだ。それも、なかば自覚しつつやっていたのだから始末が悪い。

もちろん、洋治に自殺願望《じさつがんぼう》はない。ただ、ルルのためにできることをやる、と決めて、それを実行しただけだ。自分の感情を理性で抑えつけて。

我ながら優等生的《ゆうとうせいてき》だと思う。でも、そんな自分が嫌いではない。今までずっとそうして生きていたし、これからもそうするつもりでいる。

ただし。

この先、杉木とのことを応援するか否《いな》かは別問題だ。

洋治としてはルルが幸福になれる道を選択したい。それも、一時の幸福ではなく、長い目で見たときの幸福だ。一時的に彼女を困らせたり悲しませたりすることがあったとしても、結果として最も幸福である道を見つけたいのだ。

はたして杉木とうまくいくことが、彼女の幸せだろうか。

彼には女性の交際相手として好ましくない噂《うわさ》があるが、それだけで即否定はしない。杉木の欠点が改善《かいぜん》できる性質のものであり、そうすることによってルルが幸福になるなら、その方向で尽力《じんりょく》してもいい。

また、ルルが普通の人間ではないという問題もある。

それを杉木が知ったとき、彼はどのような反応を示すだろうか。犬好きではあるらしいが、だからと言ってハーフドッグのルルを伴侶《はんりょ》として受け入れるとは限らない。むしろ、抵抗を持つタイプのように思える。

そして、洋治はもう一つの可能性、すなわち、杉木ではなく自分とルルが交際した場合のことも検討《けんとう》する。

普通の交際相手として、自分に問題はない……と思う。

自分にも欠点はあるだろうが、ルルのためなら改善の努力は惜しまない。

自分たちの相性は悪くない。現在の関係を考えると、むしろ良いほうだと言える。

そして、彼女がハーフドッグであるという事実を自分はすでに受け入れている。

湯船につかって、そんなもろもろのことを考えているうちに、少しのぼせかけてきた。いつものようにリラックスできないせいで、逆に意地になって長湯してしまったようだ。

立ち上がると、一瞬クラッときた。湯船から出て歩きだすと、足元がふわふわした。谷田邸《やたてい》の広い浴室が、いつもよりさらに広く感じられる。

脱衣場に向かってふらふらと歩く洋治の頭に、一つの考えが天啓《てんけい》のようにひらめいた。

「僕なら確実に滝沢さんを幸せにしてあげられる」

気づかぬうちに声に出していた。どこか遠く聞こえる自分の声を耳にして、その考えは確信へと変わった。

杉木と付き合ってルルが幸福になるかどうかは判らない。そんな賭《か》けはさせられない。

だが、自分なら。

自分なら、絶対に彼女を悲しませたりしないと断言できる。

洋治は声に出してつぶやいた。

「告白《こくはく》しよう」

そう決めた。

いつもどおりの時刻に家を出たルルだが、学校に着いたのはいつもより十分以上も早かった。

ルルは毎朝走って登校している。別に遅刻ギリギリではない。何かのトレーニングでもない。単に走るのが好きなだけだ。走るのは気持ちがいい。走っていると、細かいことはどうでもよくなる。

その走るスピードが、今朝は少しばかり速かったらしい。ララに言われた意地悪《いじわる》のせいで気持ちがモヤモヤしている。それを振り払いたくて、地面を蹴る足に力が入ってしまったのだ。

朝の十分は大きい。たった十分早いだけで、校内の様子がまるで違う。まだ人が少ない。ルルは直接教室へは行かず、少し遠回りしてみた。

階段を登って三階へ。別棟へつながる渡り廊下に出る。三階の渡り廊下には屋根がない。学校まで走ってきて熱くなった身体には、朝の風が心地よい。

手すりに体重をかけて下界《げかい》を眺《なが》める。

「あ……」

外周《がいしゅう》の塀《へい》の向こうに人影が見えた。このところずっと気になっている彼の姿が。

心臓がかすかに跳《は》ねたような気がした。


洋治はいつもどおりの時刻に家を出て、いつもどおりの時刻に学校へ着いた。まだ校内の人影はまばらだが、それもいつものことだ。

違うのは洋治の胸の内。昨夜、一大決心をした。彼女に告白《こくはく》をしようと決めた。それだけですべてが違って感じられる。なんでもない日常の風景からプレッシャーを受ける。

彼女に会ったら、最初に何を言おう……？

あの角を彼女が曲がって来たら……？

前を歩く女子生徒はもしかして……？

そのプレッシャーに負けて、洋治は一つ逃げ道を作った。まだすぐには告白しない。告白するのは彼女が走っているのを見たら、だ。それをきっかけにすると決めた。決めた途端《とたん》、少しだけ気持ちが楽になった。刑の執行《しっこう》を猶予《ゆうよ》された死刑囚《しけいしゅう》はこんな気分だろうか。

とは言っても、彼女は走るのが好きだから、すぐにそれを見ることになるだろう。実際、一日に一度は見ている。朝からいきなり目にすることになってしまうかもしれない。だが、一日中、彼女の走る姿を目にすることのない日だって珍しくはない。放課後までにそれを見なければ、死刑執行は明日まで延期だ。

何かが視界の隅《すみ》をかすめて通った。

（……え？）

半信半疑《はんしんはんぎ》で振り返る。今度はしっかりと視界に捕らえた。彼女だ。重大な告白をしようと決めたその相手の後ろ姿が見えた。

校舎裏の雑木林《ぞうきばやし》のほうへ向かって、彼女は走っていた。

一刻はいつもの通学路をてれてれと歩いている。

昨夜は女のところへ遊びに行こうと思っていた。そのまま泊《と》まって今朝は女の部屋から直接学校へ行くつもりだった。それが、妹の相手をしているうちに出かけるタイミングを逃してしまい、こうして普通に登校している。昨夜は体だけでつながった相手との爛《ただ》れた時間を堪能《たんのう》したかったのに。

（なんでこんなに健全なんだか）

と自嘲気味《じちょうぎみ》に苦笑する。

一限目は体育だ。身体を動かすのは好きだが、みんなといっしょに、というのが性《しょう》に合わない。思いだしたらかったるくなってきた。もともと重かった足が余計に重くなる。いっそ、今からサボって女のところへ行ってしまおうか。

（……それも無理だな）

相手は社会人だ。もう出勤しているだろう。それに、もう学校に着いてしまった。一刻専用の出入り口である塀の割れ目が目前だ。若い肉体は欲望の捌《は》け口を求めてやまないが、今はあきらめるしかなさそうだ。

のそのそと割れ目を越える。越えた向こうは校舎裏の雑木林だ。

そこに彼女がいた。

いつものあけっぴろげな笑顔で。

走ってきたらしく、ほおが上気している。息も荒い。胸のふくらみが上下している。

彼女は健康的な魅力のかたまりだ。

また少し、からかってやりたくなった。

ルルは元気に挨拶《あいさつ》した。

「おっはよー！」

杉木を前にしたら、いろいろモヤモヤしていたものが全部いっぺんに吹っ飛んでしまった。恋がどうとか、ヒートがどうとか、内分泌物がどうとか、そんなことはどうだっていい。好きなものは好きだし、たとえそれが恋愛感情じゃなかったとしても、そのことで困ったりはしないのだ。

なんてことを考えていると、いつの間にか近づいてた杉木がルルの腰に手を回してきた。自分のほうに引き寄せて身体を密着させると、頭を下げて鼻をクンクンさせる。

(またセクハラですかい、この人は)

腕に力を入れて突き放そうとしたが、びくともしない。

「もういーでしょ。離してよ～」

でも、離してくれない。杉木はかえって腰に回した腕に力を入れた。それればかりでなく、もう一方の手を背中に回してくる。

（そう言えば、けっこう汗かいてたよね）

走り回ったせいで肌《はだ》がしっとりと汗ばんでいる。それを意識すると、途端に顔が熱くなってきた。

「やーめーてー！」

ジタバタ暴れるが、逃げられない。ルルがいやがるのが楽しいのか、杉木はかえって身体を密着させてきた。

「やだやだやだ。わたし、汗かいてるんだから」

「そうか？」

杉木はさらに頭を下げると、ルルの髪に鼻を押し当て、深く息を吸い込んだ。

「わー！　わー！　わー！」

「なあ、知ってるか」

「何を!?」

「汗の匂いって、媚薬《びやく》なんだぜ」

「ウソだー！」

そんな話、聞いたことない。

「汗かいたらエッチしたくなるわけ？　運動部の部室はエロエロ!?」

んなわきゃない。

「嘘じゃないさ。その証拠に、俺は興奮してる」

とか言いながら、彼の態度は余裕たっぷりだ。ぜんぜん興奮なんかしていない。

「こないだの続きだ」

当然、入学式の日のアレのことだ。気がつけば場所もいっしょ。近くに人はいない。

「じ、冗談だよね……？」

「どっちだと思う？」

からかうような目。意地悪な口調。ちょっとサディスティック。

どっちだと答えても押し倒されそうな予感がする。

あせって身をよじったら、何かを踏《ふ》んでしまった。たぶん、木の根っこ。カクンとよろけて転びそうになる。反射的に杉木の腕をつかんだ。

「おっと」

「きゃっ」

ふたりいっしょに転んだ。先にルルが倒れ、ルルに引き込まれるようにして杉木も倒れてきた。

「なんだ。あんたもやる気なんじゃないか」

「違ーう」

ルルが下で杉木が上。抱き合うような格好《かっこう》になっている。

彼の手がルルの胸に触れた。

「わっ、ちょっ、まっ……」

彼の膝《ひざ》がルルの腿《もも》を割る。

「待ってってば～」

杉木は無言で顔を近づけてきた。彼の吐息《といき》を唇《くちびる》で感じる。顔が近すぎて焦点《しょうてん》を合わせづらくなってきた。自然とまぶたを閉じてしまう。

ふと気づく。男の人が顔を近づけてきたときに目を閉じるのって、「キスしてオッケー」のサインなんじゃ……？

「あわわわわっ」

急いで目を開けた。さらに顔が近づいている。もう鼻と鼻が触れそうだ。でも、頑張《がんば》って目を開け続ける。腕に力を入れて近づこうとする彼を押しとどめ、そのからかうような瞳《ひとみ》をにらみつけてやる。

「そんな顔するなよ。この前は、そっちから誘惑《ゆうわく》してきたくせに」

「あ、あれは……その……あのときは特別で……」

「でも今日はそんな気分じゃない……なんて言うつもりか？」

杉木は鼻で笑った。

「そうやってじらして、男の心をもてあそぶのか。見かけによらず悪女《あくじょ》だな」

「そ、そんなんじゃ……」

ルルの言葉は尻《しり》すぼみになる。はっきり否定して、「だったらなんだ」と聞かれても説明に困る。あのときのルルは本能に従っていただけ。今のルルにあのときの衝動はない。あれは期間限定の特別な情動《じょうどう》だったのだ。

もちろん、今のルルは杉木のことが好きだ。でも、あのときのようなことをしたいとは思っていない。

（……あれ？　なんでわたし、こんなに必死で抵抗してるんだろ）

好きならそういうことをしたって、ぜんぜんおかしくない。いや、むしろ、好きだったら、あのときと同じことをしたくなるんじゃないのか。

（もし、好きなら……）

好きなら、そういうこともするものだ。自分は彼を好きだ（そのはずだ）。だったら、やりたいだろう。やりたいに違いない。

――恋じゃないわよ、それ。

ララの言葉を否定したくて自分に言い聞かせる。

（わたしは杉木くんが好き、わたしは杉木くんが好き、わたしは杉木くんが好き）

ルルは突っ張っていた腕から力を抜いた。

「え？」

杉木が戸惑った顔つきになった。抵抗をやめるとは思わなかったらしい。ルルはおとなしく杉木の接近を待つ。

「あんた、急にどうしたんだ」

「するんでしょ、続き。いいよ、やって」

杉木の態度からふざけた感じが消えた。顔つきが真剣になる。ちょっと怖い。

「本気で言ってるのか」

ただの質問だったけれど、なんとなく問い詰められているような感じがした。いい加減な答えを返したら怒られる——そんな気がする。

「本当にやりたいのか」

「あ……と……その……」

どうなんだろう、と自問《じもん》する。自分は本当にそういうことをしたいのか。

それは違うような気がする。彼のことを好きなはずなのに。

杉木は冷たい目でルルを見下ろしている。

「ごめ……」

ルルの言葉をバキッという物音がさえぎった。たぶん、声だか何かが折れた音。

杉木が顔を上げて音のしたほうを見た。ルルもつられるようにそちらのほうに目を向ける。

ヨーチが立っていた。

「あ……」

ヨーチは何かを言いかけたが、その言葉を飲み込んで固まった。口は半開きのまま、目を丸くした顔つきで。

杉木がかすかに笑った。口元に冷笑を浮かべて立ち上がる。

「続きはまた明日」

そう言って校舎のほうへ歩きだす。ヨーチの脇を通ったが、まるで彼のことなど気づいていないかのようで、声をかけることはおろか、まともに目を向けさえしなかった。

杉木はヨーチの脇を通り過ぎて歩み去る。あとに残されたのは呆然《ぼうぜん》とするヨーチと、地面に倒れたままのルルのふたり。

ヨーチが曖昧な笑みを浮かべて言った。

「じ、邪魔しちゃった、のかな」

本当の気持ちをごまかすための、内心とは裏腹の笑顔だ。ヨーチが何を感じ何を考えているのか知らないが、それはルルに伝わらない。ヨーチが笑顔の仮面で隠しているから（それでも、彼の笑顔が本物でないことは、ルルにはちゃんと判ってしまったのだけれど）。

「ぜんぜん邪魔なんかじゃないよ。助かっちゃった」

ルルも笑顔を浮かべた。ヨーチよりもうまく内心をごまかせますように。

でも、やっぱりルルは嘘が下手で、それは言葉の嘘ばかりでなく嘘の笑顔も下手とい

うことで、しかもヨーチは他の知り合いよりもルルのことをよく知っていて、だから、今のルルが笑顔を浮かべるような気分でないことはバレバレだったようだ。

ヨーチの顔から笑みが消えた。

「まさか、無理矢理……」

何か誤解したらしい。

「あいつ、なんてことを」

ヨーチの顔が怒りに歪《ゆが》んだ。

(え、うそ)

彼のそんな激しい表情を目にしたのは、これが初めてだ。ヨーチが杉木のほうへ振り返った。遠ざかる彼の後ろ姿をにらみつけている。今にも走りだして、殴りかかりそうな……

「待って!」

ルルはヨーチの足にしがみついた。

「た、滝沢さん?」

「冗談《じょうだん》だからっ。ふざけてただけだからっ」

「でも……」

疑《うたが》わしそうなヨーチに、事の顚末《てんまつ》を早口で説明した。説明すべき項目を取捨選択《しゅしゃせんたく》している余裕はなかったので、一から順に説明した。事細かに、委細《いさい》漏《も》らさず。

ルルがヨーチの足にしがみついたまま必死で説明していると、どういうわけか、ヨーチの顔が少しずつ赤くなっていった。

「それから、杉木くんはわたしの胸に手を置きながら、膝を股間《こかん》にこじ入れて……」

「もういい！　判ったよ。だいたいの事情は飲み込めたから。もう説明はいい……てゆーか、僕の足から離れてください」

なんだか知らないがヨーチが納得してくれたので良しとする。しがみついていた足から手を離して立ち上がり、礼を言う。

「ありがとね」

「いや、あの……うん」

ヨーチは何か言いたそうにしてたけど、そのとき、予鈴《よれい》がなった。もうじき朝のＨＲ《ホームルーム》が始まる。

「おっと。もうこんな時間か。急いで教室に入らないと遅刻《ちこく》にされちゃうな」

「えー。せっかく今日はいつもより早く来たのに～」

ふたり並んで校舎のほうへ歩きだした。

しばらく歩いて、ルルは違和感《いわかん》を持った。隣を歩くヨーチの様子がちょっとヘン。なんだかソワソワしている。

（どうしたんだろ）

昇降口《しょうこうぐち》を過ぎて階段の下に差しかかったあたりで、彼は口を開いた。

「さっき、せっかく『ありがとう』って言ってくれたのに悪いんだけど……」

何か言いにくそうだ。

「う？」

「あ、あのね、滝沢さん……」

ヨーチはルルの顔から目をそらし、横のほうを見ながら言った。

「あいつだけじゃなく、僕も君のことを困らせることになると思う。だから、先に謝っておくよ。……ごめんね」

もう教室の前。「ごめんね」の意味を確かめているひまはなかった。


洋治は自分の心臓のあたりに手を当ててみた。鼓動《こどう》はいつもと変わらない。

（こんなときくらい、破裂《はれつ》しそうになってもいいのに）

普通の人がパニクるようなシチュエーションでは逆に冷静になってしまう。修羅場《しゅらば》になればなるほど、頭はクリアに鋭くなる。

かえって、目前の相手のほうが戸惑っているようだ。どうして呼び出されたりしたのか、と疑問に思っているのだろう。そんなことも、この冷静な頭は察してしまう。

今は昼休み。ここは階段を登り切ったどん詰まり。昼休みの校内で、人口密度が最も低い一角だ。今ここにいるのは向かい合って立つふたりだけ。ふたりが口を閉じている限り、物音一つ聞こえない。

相手が身じろぎした。しびれを切らしたのか、向こうから何か言おうとしている。ダメだ。ここは自分から始めなければ。

「僕は君のことを……」

洋治は相手の目をまっすぐに見つめて、言った。

「認めない」

「はぁ？」

途端に杉木の顔が怒りで歪んだ。無理もない。貴重《きちょう》な昼休みに呼び出されてそんなことを言われれば、誰だって怒りたくもなる。

「君は不誠実《ふせいじつ》だ」

「あんた、なんなんだ。いきなり」

「滝沢さんのことだよ。君だって、彼女が君に好意を寄せていることは気づいているはずだ」

彼女の名前を出したことで、それまで困惑《こんわく》一色だった杉木の顔に、理解の兆《きざ》しが見え始めた。

「……それが？」

「なのに、君は彼女の気持ちに真面目に向き合おうとしない。そればかりか、今朝もセクハラまがいのことをして、滝沢さんをからかっていたね」

杉木は鼻で笑った。

「そういう自分は陰からこっそりのぞき見か。見かけによらず陰湿《いんしつ》だな」

「僕のことをどう思おうとかまわないが、滝沢さんの気持ちをもてあそぶような態度は見逃せない」

「だったら、どうする？」

杉木のまとう空気が揺れた。彼は同じ姿勢でたたずんでいるだけだ。すごんでいるわけでもなく、構えているわけでもないのに、攻撃的で威圧《いあつ》的な雰囲気《ふんいき》が伝わってくる。取っ組み合いの喧嘩になったら、まるでかなわないだろう。まず体格で負けている上に、洋治にはそういった荒っぽいことの経験がほとんどない。

「滝沢さんに手出しをしないと誓ってほしい」

「あんたにそんなことを言われる筋合いはない」

「僕も滝沢さんも、妹さんの事件では力になったはずだ。それに応えてくれてもいいんじゃないか」

杉木は鼻白《はなじら》んだ。

「卑怯《ひきょう》だぞ」

「卑怯？　力ずくの勝負なら公正だなんて言うつもりじゃないだろうね。君と僕の体格差でそんなことを言うなら、君のほうが卑怯だと思うけど」

杉木は拳を握りしめて黙り込んだ。明らかに怒っているが、怒りを爆発させずにため込んでいる。洋治に力ずくは卑怯だと言われて手を出せず、さりとてすぐには反論も思いつかない、といったところだろう。

「さあ、誓ってくれ。滝沢さんには手を出さないと」

杉木は答えない。黙って洋治をにらみつけている。洋治は再度「さあ」とうながした。


「ヨーチくーん、どこ～」

ルルは廊下から隣のクラスの教室をのぞきこんでいる。

──あいつだけじゃなく、僕も君のことを困らせることになると思う。だから、先に謝っておくよ。……ごめんね。

朝の忙しい時間帯だったので、その言葉の意味を確かめているひまがなかった。彼はまた、放課後に大事な話があるとも言っていた。そのことも気になる。放課後と言わず、この昼休みに聞いてしまいたい。ついでに今朝の言葉の真意も確かめたい。

そう思って会いにきたのだが。

「ヨーチくん、いなーい……」

しょんぼり肩を落としてきびすを返すと、三田村郁代《みたむらいくよ》がどこからか戻ってきたところだった。

「タムちゃーん」

さみしい思いをしているときに知った顔と会えた嬉しさで、思わず飛びついた。

「なんか用？」

ルルが飛びつくのは珍しいことではないので、郁代のリアクションはクールだ。

「愛してる〜」

「ああ、そう」

郁代のおざなりな返事はいつものことなので、ルルはいちいち落ち込んだりしないで話を進める。

「ヨーチくん、知らない？」

「さっき、杉木一刻といっしょにいたよ」

「え、そーなの？」

探していた相手と気になる人が、ふたりいっしょにいたと言う。

「なんで？」

「知らないよ。特別棟《とくべつとう》の東階段を登っていったけど」

「う〜？」

トクベツトウのヒガシカイダンなんて言われても、なんのことやら。

郁代は深々とため息をついた。

「そろそろ校舎の構造くらい覚えなさいよ」

「そんなこと言ったって～、わたし休んでたし～」

「はいはい、判りました。今、地図を書いて……」

郁代は言葉を切ってルルの顔を見つめた。

「タムちゃん？」

「ルルに地図は、猫に小判《こばん》か」

何か、とてつもなく失礼なことを言われたような気がする。

「しょうがない。途中まで連れてったげるよ」

「タムちゃん、愛してる～」

失礼な発言も許しちゃう。

「はいはい」

じゃれつくルルを適当にいなしながら、郁代は道案内をしてくれた。


一刻はムカついていた。目の前に立つ眼鏡野郎《めがねやろう》のせいだ（名前は、たしか、谷田とかいった）。そいつがつけてきた難癖《なんくせ》のせいで、一刻は心の底からムカついていた。

ムカつく理由はいくつかある。

まず、相手の言っていることが、あながち不当でもないところがムカつく。

確かに自分は彼の言うとおり、ルルと真面目に付き合うつもりはさらさらない。その態度を「不誠実」と呼ぶかどうかは人によるだろうが、実のところ、自分でも不誠実だと思う一刻なのである。

また、谷田に「彼女に手を出すな」と言われた瞬間に気づいたのだが、どうやら自分はルルに親しみを感じ始めていたらしい。その事実がムカつく。

もちろん、恋愛の対象としては眼中にないし、食って捨てるだけの相手としても魅力を感じない。ただ、ルルをからかって遊ぶのは楽しい。そういう意味では可愛いやつだとも思う。言うなれば、愛玩動物《あいがんどうぶつ》のような可愛さだ。

それを「もうかまうな」と谷田は言う。何よりムカつくのがその点だ。なんだってこいつに批難されなければならないのか。当事者ではなく、一刻と親しいわけでもない。ルルのほうの友達らしいが、彼女の代弁者《だいべんしゃ》というわけでもない（むしろ邪魔しようとしている）。

谷田は一刻を見据《みす》えている。一方的に「手を出すな」と言い、その返答を求めているのだ。

（……ああ、そうか）

やつの目を見て気がついた。なぜ、こいつはこんなにも向きになっているのか――それを考えれば、おのずと別の対応がある。

谷田は「彼女のため」「彼女のため」と、まるで正義の味方のような言い方ばかりする。ついついその会話に付き合ってしまったが、そんな必要はなかったのだ。やつも正義の味方なんかじゃない。自分と同じ利己的《りこてき》な人間だ。

「要するに、あいつに惚《ほ》れてるんだな」

それまで強気《つよき》の態度で一刻をにらみつけていた谷田が、初めて動揺《どうよう》を見せた。

「そ、そんなことはどうでもいい。僕の気持ちとは無関係に、君の滝沢さんへ対する態度が問題なんだ」

「惚れてるんだな」

「だから、そんなことは関係ないと言っているだろう！」

谷田に顔を近づけ、一音《いちおん》ずつ力を入れて言う。

「ほ・れ・て・る・ん・だ・な」

長身の一刻が顔を近づけると威圧感があるらしく、気の弱いやつはそれだけで逃げ出す。

「な……」

谷田はかろうじて踏ん張った。さすがに気《け》おされて一瞬口ごもったが、それだけ。後ずさりもしない。目に力を入れて一刻をにらんでいる。

「もし、そうだったら、どうだって言うんだ」

自分を正しいと信じて疑わないやつは質《たち》が悪い。正論だけですべてを押しまくる。自分は正しいのだから、何をやっても許されると思い込んでいる。

そういうやつを見ると、無性《むしょう》に腹が立つ。なんとかして、そいつ自身も利己的で欲望まみれの人間なのだと認めさせてやりたくなる。

「惚れているのか、いないのか。答えろ」

正論を振りかざす洋治に対して意地の悪い敵意をいだく一方で、それとはまったく別の想いもある。

いつもは冷めた女遊びばかりしている一刻だが、本気で恋する者の熱さ・苦しさを知らないわけじゃない。もしも、彼女に惚れていることをはっきりと認め、その気持ちを一刻にぶつけてくるなら、こいつの言うことも少しは検討してやってもいいと思う。

もちろん、だからと言って、彼の望みどおりにするとは限らない。あくまでも真面目に考え直してみるだけ。恋愛の対象ではないにしても、ルルのことは気に入っている。考えた結果がどうなるかは、まだ判らない。

いずれにしても、まずはこいつの覚悟を確かめてからだ。先程までとは逆に、一刻が谷田の返答を待った。

郁代が案内してくれたのは階段の下までだった。杉木とヨーチは階段を登っていったのだが、それから先のことは郁代も知らない。郁代と別れて独りになったルルは、とりあえず階段を登った。

階段の途中で周囲を見回した。幸い、人影はない。

「ちゃーんす」

しっぽと耳を出した。途端にふたりのかすかな声が耳に飛び込んできた。

――ほ・れ・て・る・ん・だ・な。

――もし、そうだったら、どうだって言うんだ。

真上だ。この階段の上にいる。ルルはしっぽと耳を引っ込め、階段を登った。一気に四階まで。

が、ふたりの姿はない。

「あり～？」

廊下《ろうか》のほうを見る。四階には渡り廊下がないから、伸びている廊下は一方向だけ。廊下に人影は皆無《かいむ》で、気配《けはい》すらしない。

ルルは上に続く階段を見上げた。

(もっと上？)

屋上への出入り口には鍵がかかっているから、この先は行き止まりなのだが。

戸惑いながら階段を登ると、踊り場に差しかかる直前に声が聞こえてきた。

「どうなんだ。はっきり言えっ」

杉木の声だ。あまり穏《おだ》やかとは言えない。怒気《どき》が含まれているようにも感じられる。

ルルは胸騒《むなさわ》ぎを覚えた。

階段の陰《かげ》に隠れるようにして階上《かいじょう》の様子をのぞき見る。屋上へ続くドアの前に制服姿の男子がふたり。ヨーチと杉木だ。どちらも険《けわ》しい顔つきでにらみあっている。

「言えないのか」

「…………」

会話の内容が見えない。はっきりしているのは、杉木が何か質問し、ヨーチが返答を求められているということだけだ。

喧嘩腰だから楽しい話ではないのは間違いないが、このふたりがこんな雰囲気になる話題など、ルルには心当たりがない。

「…………」

「…………」

ヨーチが何も言わずに黙っていると、杉木はプイと向きを変え、階段に足をかけた。

(あ、やばっ)

階段を降りてきたら隠れていたのがバレてしまう。よく考えてみたら、隠れる必要はなかったような気もするのだが、なりゆきで隠れてしまったのだから仕方がない。一度隠れたからには、最後まで隠れ通さねば。

ルルが忍《しの》び足で逃げ出そうとしたとき、ヨーチの鋭い声が聞こえた。

「待てっ」

ビクリとして動きが止まる。

（あわてるな、自分。い、今のはわたしに言ったわけじゃない……よね？）

足を踏み出しかけた中途半端な姿勢のまま、耳だけを階上に集中する。我ながらマヌケな格好だと思うが、今はそんなことはどうでもいい。

「逃げるのか」

「逃げてるのはあんただ」

ヨーチと杉木の会話が再開した。

「認めろよ。惚れてるんだろ」

「それを君に言う必要を認めない。……が、どうしても聞きたいと言うのなら、仕方がない。期待に応えて言ってあげよう」

ヨーチが意味ありげに言葉を切ったかと思うと、意外なほどに大きな声で言った。

「僕は滝沢さんのことが好きだ！」

（!?）

驚いた。ヨーチの言った内容をどう思うか、なんて考える以前に、とりあえず驚いた。驚いた拍子に、それまで中途半端な姿勢で固まっていたルルは、バランスを崩してしまった。

ここは階段の途中。たいらな場所なら足を踏ん張ってバランスを取り戻すところだが、踏ん張ろうにも床がない。派手に転んでお尻を打った。

「いっ」

ついでに、そのまま三段ほど階段を滑《すべ》り落ちる。

「ででっ」

やばい。声を出してしまった。

(逃げなきゃっ)

反射的にそう思った。今ここでヨーチや杉木と顔を合わせるのは困る。

なぜ困る?

と聞かれても困る。とにかく困る。

「おい、そこに誰かいるのか」

という杉木の声。

(見つかっちゃう!)

お尻の痛みをこらえて立ち上がった。階段を二段飛ばしで駆け降りる。手すりを頼りに飛ぶように降りてゆく。

普段のルルならそんな怖い降り方はしないが、今は緊急《きんきゅう》時だ。ヨーチと顔を合わせることに比べたら、怪我の一つや二つ、なんてことはない。

一気に一階まで駆け降り、渡り廊下を全速力で駆け抜け、普通教室棟の女子トイレに駆け込んだ。ヨーチたちが絶対に入って来られない聖域《せいいき》だ。

ここなら落ち着いて考えをまとめられる。いや、その前に呼吸を落ち着かせなければ。

「滝沢さん、どうしたの。そんなに息を切らして」

同じクラスの女子三人組が、驚いた顔でルルを見ていた。

「あ……や……ちょっと……」

息が乱れていて、うまくしゃべれない。

「もしかして緊急？　でも、今、混んでるんだよねー」

「え……と……その……」

昼休みも終わりに近い。駆け込み需要で女子トイレは混雑気味だ。

「みんなー、ちょっと、ごめーん。急いでる人がいるのー。我慢《がまん》できる人は譲《ゆず》ってあげてー」

「あの……別に……そんな……」

うまく説明できずにいるうちに、お節介《せっかい》な友人たちの手で個室に押し込められてしまった。

なんだか騙《だま》したようで申し訳ないが、落ち着くためには絶好の場所だ。せっかくだから、呼吸が整うまでの間、そこで休ませてもらった。


僕は滝沢さんのことが好きだ——そう口に出して言ったことで、洋治は何か大きな仕事をやりとげたような充実感に包まれていた。午後の授業中は、自分がひと回り大きくなったような気がして、いつになく積極的だったりもした。

でも、最後の授業の終わり間際。

（……て、杉木君に言っても意味ないじゃないか）

はたと気がついて愕然《がくぜん》とする。

そのことを言わなければならない相手はルルだ。そして、それは今日の放課後に敢行する予定だったのだ。やりとげなければならない大仕事はこれからだった。

しかも、昼の杉木との対決は、邪魔が入ったことで中途半端に終わってしまった。誰だか知らないが、杉木との会話を立ち聞きしていた生徒がいたらしいのだ。逃げ出したその生徒を杉木が追って行ったせいで、彼を説《と》き伏《ふ》せる時間がなくなってしまった。

考えてみたら、何も進んでいない。気分は屋上から地下室へ、急速反転、一気に落下。

胸の奥にずしりと重たい何かが生まれて息苦しくなった。

それでも強《し》いて自分を鼓舞《こぶ》し、空元気《からげんき》で声をかける。

「滝沢さん！」

放課後の昇降口でルルに追いついた。

「話があるから待っててって言ったのに。忘れちゃったの？」

「え？　あ！　ヨーチくん!?」

なぜかルルはあわてた様子だった。

「やっぱり忘れてたんだね。ひどいなぁ」

「う～、いや～、その～。そういうわけじゃ……ないんだケド」

何か言いにくそうにしている。

「もしかして、何か急用？」

「え⁉ あ。そう！ 急用！ 急用なの！」

洋治が「急用？」と行った途端に勢いづいた。

「ごめんね。また今度。じゃっ」

一方的にそう言ってさっさと走りだす。

「あ、滝沢さん、ちょっと待って」

靴《くつ》を履《は》き替える前だった洋治は、とっさに追うことができなかった。靴を履き終えてすぐに昇降口を飛び出したが、すでにルルは影も形もなかった。

代わりにロロの姿があったので聞いてみる。

「滝沢君、ルルさんを見なかったかな」

「あいつなら、すんごい勢いで走ってったぞ」

「……滝沢さん、足だけは速いからなぁ」

独りごちて肩を落とす。

「用があるなら追いかけりゃいーじゃねえか。帰る先は判ってるんだから、いつか追いつくだろ」

「うーん、いや、どうしようかな」

ロロが眉《まゆ》をひそめた。

「何を迷ってるんだ。ここで考えてても意味ねえだろ。足を動かさなきゃ、追いつけないぜ？」

今ここで、いきなり全力疾走《ぜんりょくしっそう》するのは、少し抵抗があった。いや、抵抗というより、照れだろうか。そういうガムシャラさは自分のスタイルではない。

必死の形相《ぎょうそう》で疾走する自分の姿を想像して、洋治は苦笑した。

「やっぱり、明日にしとくよ」

どうしても今日でなければならない、というわけではないのだ。明日でもぜんぜん問題はない――そう自分に言い聞かせながら、決定的な瞬間を先延《さきの》ばししたことで、洋治は安堵感《あんどかん》を覚えていた。


ルルは全速力で走っている。

（やばい、やばい、やばい、やばい、やばい）

今、ヨーチと話すのは、やばい。

――僕は滝沢さんのことが好きだ！

あのときのあの台詞は、午後の授業中に何度も頭の中で反芻した。ルルもヨーチのことは好きだが、ヨーチのあれは違う。間違いなくそういう意味だ。

ルルはそっち方面には詳しくない。今まではあまり興味がなかった。深く考えるようになったのは、杉木のことがあってからだ。加えて、あまり勘の鋭いほうではない。認めたくはないが、どちらかというと鈍いほうだ。

それでも判る。

ヨーチの言葉にはそのくらいの迫力があった。言葉に魂《たましい》がこもっていた。気持ちが伝わってきた。

それに、ヨーチが言っていた「大事な話」というのも、だいたい想像がついてしまう。たぶん、アレだ。告白だ。

もちろん、ルルの思い過ごしかもしれない……というより違っていてほしいのだが、今朝のヨーチの言葉がその可能性を駆逐《くちく》する。

——あいつだけじゃなく、僕も君のことを困らせることになると思う。だから、先に謝っておくよ。……ごめんね。

あのときは判らなかった「ごめんね」の意味が、今はなんとなく理解できる。まるで謎解《なぞと》きの終わった推理ドラマのようだ。

ルルの杉木に対する想いをヨーチは知っている。

ルルのヨーチに対する気持ちも、ちゃんと知っている。

さらには、告白後のルルの困惑さえも予想している。

それでもなお、彼は言おうとしている。「好きだ」と。

だからこその「ごめんね」なのだ。

（ヨーチくん、ひどいよ～。そんなことしないでよ～）

彼の告白に対する答えなど、ルルは持ち合わせていない。大切な友達だと思っていた相手から告白なんかされて、どんな顔をすればいい？

彼はどんな関係を望んでいるのだろう。

——僕の気持ちを知っててほしかっただけだよ……

——僕か杉木君か、どちらかを選んでくれないか？

——あんな男のことは忘れて僕だけのシェルティになるんだ！

いくつものパターンが頭に浮かぶが、どれが正解かは判らない。もちろん、実際に確かめればはっきりすることだが、それが怖い。

（「どちらかを選んでくれないか」とかだったらどうするよ、自分？）

そのへんのパターンが一番困る。しかも、あのヨーチのことだから、それが一番ありそうだ。「無理強《じ》いはしないよ」とかなんとか言いながら、ルルに選択を迫るのだ。そんなことを聞かれても返事に困る。杉木への気持ちと、ヨーチへの気持ち——そこにどんな違いがあるというのか。

最初に杉木のことを好きだと意識し始めたときには、はっきりと違いがあるように思われた。ヨーチは友達として大好きだが、杉木への想いは、それとはまるで違うと。

でも、今は？

今でもはっきりと違いを感じられるか、と問われれば、首を振るしかない。判らないのだ。違いなんて。

杉木のことは好きだ。でも、ヨーチのことも好きだ。杉木への「好き」とヨーチへの「好き」を天秤《てんびん》にかけたら、付き合いが長い分、ヨーチへの「好き」のほうが重たいくらいだ。

ララが言っていた。杉木に対するルルの感情は恋ではないと。

もしかすると、本当にそうなのかもしれない。彼女の言うとおり、自分たちはヒートの時期にしか、本物の恋愛感情を持つことができないのかもしれない。

たぶん、ヒートの時期がくれば、本当のことが判る。本当の気持ちが判る。本当に杉木のことが好きなのかどうか。ヨーチの気持ちに応えられるかどうか。

そして、きっと、ヒートの時期でなければ、本当の答えは判らない。

たぶん、ヨーチが望んでいるのは、いっしょにいて楽しいとか、人間として尊敬できるとか、そんなふうに評価されることではない。ルルがヒート中に感じていた、あの荒れ狂う熱い想いを自分に向けてほしいと思っている。あの熱病のような狂おしい想いが、彼ひとりに向けられることを望んでいる。

今のルルに、あのときの感情を再現することはできない。やはり、ララの言っていたことは（ある意味で）正しい。ヨーチへ返せる答えを今のルルが見つけることはできないのだ。

明日、ヨーチは告白してくるだろう。仮にそれから逃げたとしても、いずれ近いうちに逃げられなくなる。あるいは、あの賢いヨーチのことだから、ルルが逃げていることに気づくかもしれない。そして、逃げている理由にも。

どうしたって審判の時はやってくる。ヨーチが考え直さない限り、終末は訪れるのだ。

「ばかー！　ヨーチのばかー！」

ルルは全速力で走る。

髪が風にたなびき、スカートが足にまとわりつく。

今は走ることですべてを忘れたい。

地面を後ろへ押しやるように、蹴る。

もっと早く走りたい。もっと。もっと。

ルルは地面に手をついた。ついた瞬間、人間の手が獣の肢《あし》に変わる。腕は前脚になり、足は後脚になる。しっぽが生え、口がとがり、全身が毛におおわれる。

犬の姿になった途端、服が体にからみついた。足を取られて転んでしまう。

痛さに逆らい、服のかたまりの中で起き上がる。こんなところで止まりたくはない。まだまだ走り続けていたい。

服の山から抜け出そうとするが、なかなかうまくいかない。もどかしくなって、ブラウスに牙を立てた。ビリッという音がして破けてしまうが気にしない。乱暴に引き裂き、口を振って投げ捨てる。
自由になった四肢《しし》がふたたび地面を蹴る。
四つの脚をフルに使い、全速力で走る。
ただ、がむしゃらに脚を動かす。
犬は走るために生まれてきた。犬の身体は走るためにできている。
細長い体が風を切り、飛ぶように走る。
視界がせばまり、景色が後ろへ流れてゆく。
ルルは走り続けた。何も考えず、ひたすらに。

あとがき

ここで一つハッキリさせておきたいことがある。俺の萌え属性はケモノではない。ケモ耳でもない。しっぽだ！（どーん）

そんなわけで、世の中の三人に一人は心にしっぽを持っていると信じて疑わない貝花であります。

本屋でこの本を手に取り、とりあえずあとがきだけ読んでいる君、俺は今、心のしっぽを左右にゆっくりと揺らしている。君がこの本を持ってレジに向かってくれたなら、俺は心のしっぽを振り回すことだろう。そりゃあ、もう、ラブラドール・レトリーバーみたいに太くて重たいしっぽをプロペラのようにブンブンと。

ところで、犬、飼ってる？

俺は、飼いたいけど、飼ってないんだわ。犬は世話に手間がかかるから、住宅街で独り暮らしの人間にはきつい。飼うとしたら無責任な飼い方はしたくないし。

その代わり、猫は飼ってる。二匹ほど。名前はネネとココ。実は今も膝の上に乗ってたりする。……てか重いよっ。

猫は猫で可愛いんだが、やっぱり犬も飼いたいなー。もちろん、犬種や個々の性格によっては独り暮らしで飼ってても問題なかったりする。そういう犬なら飼えるのは判ってる。けどね、それじゃあイマイチなのさ。かける手間も犬を飼う醍醐味の一部なわけで。

ヨーチは犬を飼ったことがないので、犬を飼うのがどんなに大変か、ぜんぜん判ってない。しかも委員長体質だから、捨て犬なんか見つけたりしたら、きっと放っておけなくて拾ってしまうんだろうな。

一方、杉木くんは犬を飼う苦労を知っているので、安易に拾ったりはしない。でも、犬好きではあるから、「飼う」という責任を負うことなく、ときどきかまって遊んだりするわけだ。

そんな感じ。

本編は中途半端なところで終わってる。おはなしの続きは、まだ頭の中にしかない。続編を出せるかどうかは売れ行き次第なんで、そのへんもヨロシク。

貝花大介

はじめましてこんにちは！
イラストを描かせていただいた夜野みるらです。
けもの耳は描いてて ものすごい楽しかったです。

ララが一番好きなのですが、本文中で耳を
つけられなかったのでつけてみました↓

■ご意見、ご感想をお寄せください。

ファンレターの宛て先
〒102-8431東京都千代田区三番町6-1
株式会社エンターブレイン　ファミ通文庫編集部
貝花大介　先生
夜野みるら　先生

■ファミ通文庫の最新情報はこちらで。

エンターブレインホームページ
http://www.enterbrain.co.jp/fb/

■本書の内容・不良交換についてのお問い合わせ。

エンターブレインカスタマーサポート　**0570-060-555**
（受付時間 土日祝日を除く 12:00～17:00）
メールアドレス：**support@ml.enterbrain.co.jp**

ファミ通文庫

コイヌ　～ゆれるシッポと恋《こい》ゴコロ～

二〇〇六年五月一〇日　初版発行

著者　貝花大介《かいはなだいすけ》
発行人　浜村弘一
編集人　青柳昌行
発行所　株式会社エンターブレイン
〒一〇二-八四三一　東京都千代田区三番町六-一
電話　〇五七〇-〇六〇-五五五（代表）
編集　ファミ通文庫編集部
担当　長島敏介
デザイン　前之浜ゆうき
写植・製版　有限会社ワイズファクトリー
印刷　凸版印刷株式会社

定価はカバーに表示してあります。

か10
1-1
596

ISBN4-7577-2798-4